사소한 것들이
신경 쓰입니다

마스다 미리
masuda miri
권남희 옮김

Original Japanese title: CHIISAI KOTO GA KININARI MASU
By Miri Masuda
Copyright © Miri Masuda 2019
Japanese edition published by Chikumashobo Ltd.
Korean translation rights arranged with Chikumashobo Ltd.
through The English Agency (Japan) Ltd. And Danny Hong Agency

인생에 별 필요 없는 확인을 하느라

확인을 게을리하다 보면 크고 작은 실수를 할 때가 있습니다. 하지만 세상에는 별로 필요하지 않은 '확인'도 있죠. 저는 그 별로 필요 없는 확인을 하느라 꽤 많은 시간을 소비하고 있다는 사실을 깨달았습니다.

음식 이야기가 많은 듯하지만, 음식이 아닌 무언가도 있을 겁니다. 부디 함께 해주세요.

마스다 미리

목차

감자 샐러드 확인

    히비야 부근에서 볼일이 있을 때면 데이코쿠 호텔에 들리려고 여유 시간을 만들어둔다.

    무엇을 위해서인가.

    팬케이크다.

    호텔 1층 레스토랑 '파크사이드 다이너'의 팬케이크는 정말 맛있다. 폭신폭신하다. 아니, 푹신푹신하다. 곁들인 버터까지 푹신푹신하다. 이 꿈 같은 팬케이크를 먹기 위해 일찌감치 집을 나선다. 아, 그런데 지금 쓰고 싶은 것은 감자 샐러드 얘기다.

    그전에 잠깐 미소시루 얘기로 건너뛰자.

    도쿄에 온 지 아직 얼마 되지 않았을 무렵, 모 잡지 편집자들과 이자카야에 간 적이 있다.

    누군가가 말했다.

    "미소시루(일본식 된장국—옮긴이)에 뭐 넣은 걸 좋아해요?"

사소한 것들이 신경 쓰입니다

나는 어리둥절했다. 거기에 있는 사람은 모두 연상의 남성뿐. 일의 분위기상 함께 하긴 했지만, 도쿄의 모드한 화제에 따라갈 수 있을까, 내심 쫄고 있던 참에 미소시루라니.

"무하고 유부요."

연소자인 내가 제일 먼저 대답했다. 그러자 "오호, 그렇게 나오는군요" 하고 추임새를 넣더니, "나는 유부하고라면 감자가 좋던데", "감자, 좋지, 고향의 맛", "참마도 나쁘지 않아" 등등, 미소시루 얘기는 점점 길어졌다. 그 무렵의 나는 아직 모르고 있었다. 얘기를 진지하게 하는 '통(通: 그 방면 전문가—옮긴이)'이란 세계가 있다는 것을…….

그런 흐름에서 나온 것이 감자 샐러드였다.

"감자 샐러드에 뭐 넣어요?"

나는 떨렸다. 다들 어떤 식재료를 찾을까. 미소시루에 방울토마토가 어울린다고 한 사람은 한동안 화제의 중심이 됐다. 그렇다면 감자 샐러드에는 뭐라고 대답해야 될까? 참치? 옥수수? 모르겠다. 우물거리고 있는데 물냉이, 혹은 락교 다진 것을 넣는다는 사람까지 나와서 나의 평범함에 낙담했다.

각설하고, 데이코쿠 호텔의 베이커리 숍에는 빵이나 쿠키 외에 부식물을 파는 코너가 있다.

진열장을 들여다보면 감자 샐러드가 나란히 있다.

감자 샐러드는 지름 15센티미터 정도의 동그랗고 납작한 용기에 들어 있다. 전체적으로 하얗다. 크리미해 보인다.

무려 데이코쿠 호텔의 감자 샐러드다. 긍지가 높을 것이다. 가까이에 있는 샬리아핀 스테이크한테도 밀리지 않는 풍격조차 느껴진다. 감자 샐러드에는 대체 어떤 재료가 들어간 걸까. 유리진열장 안이어서 손에 들고 보진 못한다.

가격은 1000엔이다. 세다. 그러나 감자 샐러드에는 그만큼 뭔가가 있을 것이다.

만약 내가 이걸 사서 먹었다고 하자. 분명히 우쭐댄다. 회식 자리에서 감자 샐러드가 화제가 되기를 기다렸다가 나오면 그걸로 끝, 지금까지 평범한 사람인 척한 탈을 벗어버리는 것이다.

"데이코쿠 호텔 감자 샐러드에는 ○○가 들어 있죠."

귀신의 목이라도 따온 것처럼 의기양양하게 떠들어댈 게 뻔하다. 생각만 해도 재수없다. 그래서 사는 것을 자제하고 있다. 자제하고는 있지만, 감자 샐러드가 아직도 샬리아핀 스테이크와 어깨를 나란히 하고 있는지 궁금해서 좋아하는 팬케이크를 다먹은 후에는 매번 감자 샐러드를 확인하러 간다.

사소한 것들이 신경 쓰입니다

몽블랑 확인

예전에는 밤이 소박했다.

삶아서 간식으로 먹거나, 밤밥을 해 먹는 정도였다.

지금은 어떤가. 가을의 방문과 함께 백화점 지하 식품매장에서는 밤 디저트가 하늘 높은 줄 모르고 으스댄다.

밤 도라야키, 밤 만주. 밤 롤케이크에 밤 스콘. 밤 파이, 밤 타르트, 밤 쿠키.

거기다 '와구리(일본 밤—옮긴이)'라는 키워드가 정착한 뒤로는 동서양 과자 불문하고 그 귀함을 전면으로 내세운 와구리 전쟁.

와구리와 바나나가 에클레어에 끼워진 것을 본 적도 있다.

와구리와 바나나.

나라도 다르고 계절도 다르다.

애초에 이 두 가지가 어울리나?

가게 앞 진열장을 한참 바라보다가, 내 결론은 '어울린다'였다.

사소한 것들이 신경 쓰입니다

폭폭함과 쫀득함이 섞여서 딱 좋은 식감이 될 것 같다. 실제로 사서 맛을 확인해보면 좋았겠지만, 그때 이미 내 오른손에는 '구리킨톤(밤을 으깨서 만든 화과자―옮긴이)' 종이가방이…….

무엇을 감추리, 나도 밤을 좋아한다. 너무 많이 먹는 것 같아서 사지 않았지만, 실은 좀 후회했다. 여행지에서 들른 백화점에서의 일이다.

옛날에 조부모가 살던 후쿠이현의 산속에 커다란 밤나무가 있었다. 유치원에서 '커다란 꿀밤 나무 밑에서'를 부를 때, 나는 언제나 그 나무를 떠올렸다.

밤나무 아래에는 계곡물을 받는 커다란 통이 있고, 거기에 근사한 잉어가 헤엄치고 있었다.

가을이 되면 밤나무에는 밤이 잔뜩 열렸다. 아빠가 나뭇가지로, 혹은 나무에 올라가서 익숙한 손놀림으로 탐스런 밤을 땄다. 그걸 엄마가 신발 신은 발로 밟아 솜씨 좋게 껍질을 벗겼다. 오사카의 아파트 단지에서 보던 부모님과는 다른 사람처럼 보였다.

나는 그때 '과거'가 있다는 것이 감각적으로 부러웠다. 어린이인 내게는 추억의 양이 너무 적었다.

밤을 따 오면 할머니가 삶아주었다. 아빠는 프라이팬에 볶은 것을 좋아했다.

해 질 녘 산에는 늘 어디에선가 모닥불 냄새가 났다. 밤나무는 지금도 그 산에서 열매를 맺고 있을까.

자, 밤이다.

밤 디저트의 왕이라고 하면 역시 몽블랑일 것이다.

하지만 오랫동안 내 속에서는 몽블랑은 아줌마들 디저트라는 인식이 있었다.

딸기도 올리지 않았다. 생크림이나 초콜릿과도 무관하다. 화려함이라곤 없는 그 평범한 모양새로 대체 어쩌겠다는 걸까.

고집스럽다.

아이들에게 가까이 다가가려는 의지가 전혀 느껴지지 않는다.

그런데 화려한 케이크를 한차례 다 먹어보고 나니 맛있는 몽블랑은 맛있구나, 하고 생각하게 됐다. 내게도 과거가 생긴 것이다.

와구리 몽블랑은 카페에서도 가을의 최고 추천 메뉴다. 있으면 먹어버리자.

하지만 아직 만나지 못했다.

내가 찾고 있는 궁극의 몽블랑을 아직 만나지 못했다.

올해는 호텔 뉴 오타니에서 '슈퍼 몽블랑'이란 것도 먹었다. 핸

드볼 정도의 크기다.

푸짐한 단밤 크림을 받치고 있는 하단은 버터 향 나는 타르트 생지. 크림 속에는 아몬드밀크 떡 같은 것이 들어 있어서 참신했다. 그리고 맛있었다. 슈퍼 몽블랑은 맛있었다.

그러나 내가 찾는 몽블랑은 아니었다.

내가 찾는 몽블랑 받침은 부드러운 스펀지 타입이다. 달걀 같은 소박한 맛이 특징이다.

내 몽블랑의 내용물은 우유 맛이 강한 생크림이다. 바깥쪽의 단밤 크림에 겨룰 수 있는 와일드함을 갖고 있다. 그 와일드한 생크림에 그저 삶기만 한 단밤을 잘게 썰어서 섞는 것은 어떨까? 약간 시나몬 향이 나도 좋을 것 같기도 하고 필요 없을 것 같기도 하고. 의외로 바나나도 넣으면 괜찮을까? 이것만큼은 만나보지 않으면 모를 것 같다.

모르기 때문에 가을의 방문과 함께 꾸준히 먹으며 찾아다닐 수밖에 없다.

어디에 있을까, 나의 궁극의 몽블랑. 어쩐지 긴 확인의 여행이 될 것 같다. 하지만, 절대, 힘들지 않다.

사소한 것들이 신경 쓰입니다

사소한 것들이 신경 쓰입니다

*일본과 제책방식 차이가 있으므로 만화는 우측에서 좌측으로 읽어주시기 바랍니다.

밑반찬 확인

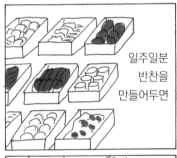

백화점 지하 식품매장 확인

어떤 일이 있었던 날이든 가면 마음이 조금 차분해지는 곳이 있다. 백화점 지하 식품매장이다.

내가 종종 이용하는 곳은 시부야 도큐 백화점의 '도큐 푸드 쇼'다.

저녁 반찬을 사는 일도 있고, 작은 선물을 고르러 가는 일도 있다. 선물을 고르러 가서 정하지 못하고 내가 먹을 간식만 사서 돌아오는 건 흔한 일.

보통 지하철 연결 통로로 들어간다. 시부야의 하치코(역 앞에 있는 충견 하치의 동상—옮긴이)와 스크램블 교차로에 가까운 입구다.

들어가면 먼저 빵가게 '안데르센'. 언제나 붐벼서 저녁 무렵 계산대에는 긴 줄. 계절 한정 과자빵(어린이날이나 핼러윈, 크리스마스 등)도 즐겁다. 이곳을 지나면서 사계를 맛본다.

더 걸어가면 마음이 콩닥거리는 초콜릿과 케이크 숍 존이다.

사소한 것들이 신경 쓰입니다

'쾌토르 가키노자카점'의 우후 푸딩은 귀엽다. 진짜 계란 껍데기에 넣은 푸딩들. 계란 상자에 담아서 진열장에 늘어놓았다. 귀성 선물로 한번 가져갔더니 친척 일동 "우왓, 재미있다!" 하고 환성을 질렀다.

"먹고 나서 계란 껍데기 갖고 가도 돼요?"

아이들이 좋아하던 모습이 가게 앞을 지날 때마다 생각난다. 다음에 또 사 가야지 마음만 먹은 채 몇 년이 지났다.

그 맞은편 '파운드리'의 후르츠 케이크는 제철 과일을 수북이 올리는 것이 특징이다. 멜론이 제철인 계절에는 멜론을 수북이 올린 케이크, 복숭아 계절은 복숭아가 수북한 케이크. 다이어트하고 싶을 때 보면 어질어질 현기증 난다. 아니, 늘 다이어트하고 싶은 마음이니 매번 어질어질······.

좀 더 걸어가면 매주 출점 가게가 바뀌는 기대로 가득한 구역.

"이번 주에는 뭐가 나왔을까나."

확인하고 싶은 손님으로 난리법석.

지방의 빵집과 떡집. 유명 가게의 닭튀김, 전통 있는 장어 가게, 히로시마야키(히로시마식 오코노미야키—옮긴이) 가게 등, 다양한 가게들이 있다. 맛있는 향이 뒤섞여서 달콤한 것? 매운 것? 지금 뭐가 먹고 싶은지 알 수 없다.

시간이 없을 때는 여기까지만 확인한 뒤 쇼핑을 마치고 끝이지만, 여유가 있으면 더 전진.

다코야키 가게와 반찬 가게 앞을 지나 '기요켄'에서 일단 멈춰선다.

슈마이로 유명한 기요켄. 이 가게에서는 좀 사치를 부려도 된다. 주로 사는 것은 '특제 슈마이' 6개 740엔. 6개 300엔부터인 '옛날 슈마이'보다 가격이 배 이상이다. 레귤러인 '옛날 슈마이'도 좋아하지만, 특제 슈마이는 크기도 큼직하고 가리비도 듬뿍 들었다. 저녁 무렵에는 대체로 품절인 인기 상품이어서 있으면 무조건 산다.

여기서 더 앞으로 가면 채소나 고기, 생선 코너. 이런 건 짐이 되니 동네 슈퍼에서 사지만 일단 체크한다.

그리고 마지막 보루. 각지의 명물이 즐비한 '전국 특산물' 코너다. 구석진 곳에 있는 평범한 코너여서 여기까지 오는 날은 상당히 한가한 날. 혹은 집에 바로 가고 싶지 않은, 괜히 허무한 날이다.

홋카이도, 도호쿠, 간사이, 시코쿠, 규슈 등, 그 지역 특산품을 멍하니 바라보는 해 질 녘.

나는 잘 모르는 과자이지만, 그곳 출신 사람에게는 수많은 추억이 떠오르겠지. 그런 생각을 하며 손에 들고 보면 모든 과자가 사랑스럽다.

자, 그만 돌아갈까.

실컷 즐기고 원래 온 길이 아닌 가까운 출구로 향한다.

백화점 지하는 바깥세상과 나를 분리하고, 공백의 시간을 준다. 아무것도 생각하고 싶지 않을 때도 뭔가를 생각하고 싶을 때도. 인파 속이어서 때문에 더 절실하게 혼자가 될 수 있다.

백화점 지하에 보석이나 브랜드 가방은 팔지 않는다. 좀 비싼 고기여도 큰마음먹으면 살 수 있다.

백화점이지만 갖고 싶은 것을 전부 손에 넣을 수 있는 층에 있다!

그 사실만으로 기분이 좋아지는 날도 있다. 적어도 내게는.

나는 전혀 관심 없는
가게에도 손님은 있고, 또 그 반대도 있음.

사소한 것들이 신경 쓰입니다

아이스크림 박스 확인

슈퍼나 편의점의 아이스크림 코너. 살 마음이 없을 때여도 슬쩍 들러보고 싶어진다. 들러보거나, 혹은 고개를 들이밀고 고르는 과자가 아이스크림 말고 또 있을까?

참고로 아이스크림 냉장고는 '냉동 쇼케이스'라고 하여 인터넷에서 판매도 한다. 10만 엔 정도로 살 수 있는 것도 있다. 물론 일반 가정에는 필요 없겠지만, 손에 넣지 못할 것까지는 없는 가전인 것이다.

냉동 쇼케이스를 들여다보는 것은 즐겁다.

아주 어릴 때는 어른에게 안겨야만 안을 들여다볼 수 있었다. 자력으로 들여다볼 수 있게 됐을 무렵에는 이미 이해타산이 빤한 나이.

아이스크림 사먹어도 돼, 하고 부모에게 받은 50엔.

이 50엔으로 최고의 아이스크림을 사고 싶다!

아이들은 50엔짜리 동전 한 개밖에 없으니 고르는 데 필사적이다.

"와, 그거 좋네."

하고 친구들이 부러워할 만한 아이스크림을 손에 넣고 싶다. 한여름 오후, 냉동 쇼케이스에 손을 찔러 넣고 상품을 마구 휘젓는다.

지금도 기억난다.

쇼케이스 바닥의 모서리 쪽으로 손을 뻗쳐서 꺼내든 막대기 달린 아이스캔디. 은색 포장에 오렌지 맛이었다. 다른 아이들이 아무리 찾아도 그것 한 개밖에 나오지 않았다. 나는 내 전리품을 자랑스럽게 친구들에게 뽐내며 먹었다. 근데 지금 생각해보면 그건 작년에 팔다 남은 것이 아니었을까…….

그런 추억과 함께 어른이 돼도 들여다보게 되는 아이스크림 코너의 냉동 쇼케이스. 하겐다즈 같은 고급 아이스크림도 등장해서 다소 가격차는 있지만, 당시와 크게 다르지 않다. 비슷한 가격, 비슷한 크기, 다 먹는 시간도 거의 비슷하다.

아이스크림을 개발하는 사람 생각도 슬쩍 머리를 스친다. 비슷한 특징을 가진 상품이어서 더욱 타사와의 차별화와 경쟁이 치열하겠지.

예전에 회사원이던 시절, 옆 부서가 상품개발부였다. 식품은 아니었지만, 하나의 신상품이 태어날 때까지, 아이디어 회의, 시장조사, 사내외의 온갖 설문, 시작품, 디자인과 네이밍 등, 많은 장애물을 넘어야 한다.

"이런 게 있다면 갖고 싶겠지!"

그런 설레는 아이디어가 순순히 실현되는 일은 일단 없고, 되도록 가까워질 수 있도록 노력하는 모습을 보아온 터라, 절로 개발자들에게 경외감이 끓어오른다.

신제품 아이스크림.

예를 들면 스트로베리 아이스. 과즙뿐만 아니라 과육도 넣고 싶지만, 일단은 임원들에게 "좋군!" 하는 말을 들어야 해서 어떻게 하면 회의에 통과할지 머리를 쥐어짠 밤이 있었을지도 모른다.

이런저런 상상을 하면서 슈퍼, 혹은 편의점의 냉동 케이스를 확인하는 나.

만약 내가 아이스크림 신제품 개발을 맡는다면 무슨 맛으로 할까?

밤을 좋아하니 역시 밤을 넣고 싶다.

되도록이면 달게 조린 밤이 아니라 삶기만 한 소박한 밤.

밤과 멜론은 의외로 궁합이 좋으니 밤을 멜론 과육이 들어간
바닐라 아이스크림에 섞고 부드러운 꿀의 단맛을 더하면……등
등을 상상하는 것은 이미 오락이다.

냉동 쇼케이스 안에는 잠깐 동안의 기분 전환도 들어 있다.

이윽고
세월은
흘러……

왠지
익숙한
느낌이네,
이 광경.

사소한 것들이 신경 쓰입니다

사소한 것들이 신경 쓰입니다

어느 걸로 할까.

하지만 지금은 편의점에서 간단히 컵 제품을 살 수 있어

하겐다즈 확인

역시 이것.

희소성은 약간 줄었지만

30년쯤 됐나?

하겐다즈 아이스크림이 시판되지 않던 시절에는

맛있어

정기적으로는 먹고 있습니다.

줄 서서 먹던 고교 시절.

하겐다즈 매장에서만 먹을 수 있었지만

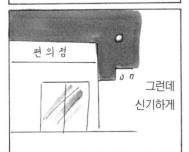

편의점

그런데 신기하게

아마 이런 느낌

회사원 시절에는 퇴근 길에 곧잘 가족에게 주려고 사 갔죠.

진열장 앞에서 여러 가지 고를 수 있었다.

달걀샌드위치 확인

'샌드위치'는 원래 사람 이름이었다.

퀴즈 프로그램 정답을 듣고 오오~ 했던 기억이 난다.

《샌드위치의 역사》라는 책에 따르면 영국의 샌드위치 백작(1718~1792)이 천천히 식사 할 시간이 없을 때 빵에 소고기를 넣어서 갖고 오라고 명령했다. 여기에서 '샌드위치'가 된 것 같다는 일화가 소개됐다. 일반 명칭으로 정착한 것은 1760년대부터 1770년대에 걸친 동안이라나.

그 샌드위치. 1986년 조사에 따르면 영국에서는 연간 1인당 200개의 샌드위치를 먹는다고 한다.

나는 고작 월 1개. 먹지 않는 달을 고려하면 연간 10개쯤일까.

그중 몇 개는 달걀샌드위치다.

달걀샌드위치의 달걀은 달걀프라이였으면 좋겠다고 어릴 때부터 생각했다. 본가의 달걀샌드위치가 그랬던 것도 있고, 간사이에서는 카페의 달걀샌드위치가 달걀프라이로 나오는 일이 흔했다.

그래서인지 상경 후,

"그 카페는 달걀프라이가 든 달걀샌드위치를 판대."

라는 정보를 입수하면 근처에 볼일이 있을 때 들러봐야지! 하고 메모해둔다. 그러나 끝내 볼일이 없는데도 일부러 가서 먹고 만다.

유라쿠초의 '하마노야 파라'의 달걀샌드위치는 달걀프라이다. 이곳은 식빵을 구울지 굽지 않을지를 선택할 수 있다. 나는 언제나 그대로. 유유히 음미하고 싶어서 대체로 혼자 가서 먹는다.

"아, 반가워라, 달걀프라이 맞네!"

확인하고서야 안도한다.

네즈에 있는 '카야바 커피'의 달걀샌드위치도 역시 달걀프라이. 두꺼운 식빵은 폭신폭신하고 달걀프라이도 두툼하다. 겨자의 톡 쏘는 맛이 식욕을 돋운다.

톡 쏘는 맛이라고 하니 생각나는 것. 요전에 타이완에 갈 때 처음으로 하네다 공항의 국제선을 이용했다. 출국 심사를 마치고 면세점 구역에 들어가서 뭐 좀 먹을까 하고 카페를 들여다보다 달걀프라이가 든 달걀샌드위치를 발견. 얼른 사서 탑승 게이트 부근의 의자에 앉아서 먹었다. 이것도 겨자 맛이 톡 쏘아서 맥주와 같이 먹고 싶은 기분이었다.

《일식을 사랑해서》라는 책을 보면 일본에서는 육식을 금기하는 풍습이 있어서 달걀도 식용으로 쓰지 않았지만, 에도 중기가 돼서야 서민들이 먹기 시작했다고 나와 있다. 삶은 달걀 행상도 있었다나.

또《일본의 식문화 '일식'의 계승과 식육》에 따르면 메이지 시대 중반에는 일부 계층에서 오믈렛, 다이쇼 시대 초기에는 달걀 프라이, 달걀찜, 다마고토지(국건더기 등에 달걀을 풀어 얹어 엉기게 한 요리—옮긴이) 등이 일상식이 됐다고 한다. 그 후, 달걀프라이가 들어간 달걀샌드위치가 일본에 등장하기까지 얼마만큼의 시간이 걸렸는지는 모르겠지만, 샌드위치 백작을 비롯하여 애써 준 분들에게 감사해야 할 것 같다.

인생 마지막 식사는 카레빵이 좋다고 한 사람이 있었다. 빵으로 한정한다면 나는 후르츠샌드위치나 달걀프라이가 들어간 달걀샌드위치일 것이다.

어린 시절, 아침에 일어나서 멍하니 있을 때에 나온 아침 식사로 달걀프라이를 넣은 달걀샌드위치. 삼각 모양이 아니고 가운데 반을 자른 사각형, 식빵에 듬뿍 바른 큐피 마요네즈는 갓

구운 달걀프라이 덕분에 느낌 좋게 따듯해졌다.

　귀성하면 지금도 가끔 엄마가 만들어주지만, 의외로 중요한 것은 접시다.

　맞아, 역시 '야마자키 봄의 빵 축제' 사은품 접시여야 해!

　먹으면서 그런 생각을 했다.

참고자료

《일식을 사랑해서—일식문화 고찰》(도리이모토 유키요 지음 슌주샤 • 2015년)

《샌드위치의 역사》(비 윌슨 지음 하라쇼보 • 2015년)

《일본의 식문화 '일식'의 계승과 식육》(아이 케이코포레이션 • 2016년)

사소한 것들이 신경 쓰입니다

장기를
못 두니까

나라면 그럴 때
무엇을 고를까?

기사가 되고 싶다고
꿈 꾼 적도 없는데

간식은
어떤
것으로?

하는

간식은
조각
케이크
구나.

대국 메뉴는
확인해요.

당분을
듬뿍……

유사체험을 즐기고
있는지도 모릅니다.

정말로
먹고
싶어졌어.

저마다 오락을
즐기는 방법이 참
복잡하죠.

그런
걸
지도.

하하하

기사(棋士)의
메뉴 확인

은행 확인

은행.

예전에는 손님을 좀 홀대하는 느낌이 있었다.

당신 힘으로 원하는 창구에 가슈, 정말로 모를 때만 말을 거슈.

은행에서 쏘는 광선에 쫄아서 약간 긴장감에 싸였다.

그러나 세월이 흐르면서 은행은 다정하게 다가왔다.

은행에 들어가면 직원이 친근하게 다가와서, 무슨 용건인지 물어보고 민첩하게 안내를 해준다.

나는 컨베이어 벨트에 실린 상품처럼 소파로 안내되어 멍하니 차례를 기다릴 뿐.

너무 멍하니 있다가 내 번호 불이 켜진 것을 미처 모르고 있을 때면,

"손님, 몇 번이세요?"

그들은 귓가에서 너지시 일러주기도 한다.

사소한 것들이 신경 쓰입니다

늘 가는 은행 창구에 비교적 연배의 여성이 두 사람 있다.

"아, 오늘도 계시네."

확인하고 나면 안심이 된다.

A씨, B씨라고 해두자.

A씨는 좀 미스터리해 보인다. 머리칼은 세미롱이고 대체로 한쪽 머리를 귀 뒤로 넘기고 있다.

때로 화난 듯 보이기도 하지만, 실제로 그의 창구에 가보면 차분하고 상냥했다.

한편 B씨는 체육부 주장처럼 씩씩하다. 앉아 있는 것밖에 본적이 없지만, 달리기를 하면 엄청나게 빠를 것 같다. 수수한 제복을 입고 있지만, 온몸에서 스포티함이 넘쳐난다. 창구의 B씨는 미소가 끊이지 않는다. 언제나 입꼬리를 올리고 있다.

나는 그들이 일하는 모습을 바라보는 게 좋았다. 젊은 후배들에게 지시를 내리는 장면에서는 그 후배들이 A씨와 B씨의 젊은 날 그 자체로 보인다.

인사를 제대로 하지 못해서 특훈 받은 날. 거만한 손님 때문에 눈물 흘린 밤도 있었을 터. 직장에서는 어쩌면 여러 종류의 ○○희롱도 당했을지 모른다. ○○희롱이라는 말이 침투하기 전 시대다. 하지만 타이틀이 없었다고 해서 모든 게 없었던 건 아닐 것이다.

    내가 고등학생이었을 무렵에 남녀고용기회균등법이 실행됐다. 사회에 나갔을 때가 아니어서 무슨 소린지 몰랐다.

    "뭔가 평등해지려나 봐."

    누군가가 하는 말을 듣고도 응? 평등하지 않았다는 건가?

    그렇게 생각했다. 어린 마음에 세상을 믿었던 것이다.

    여러 가지 추억이 되살아나는 은행 소파.

    A씨, B씨, 오늘도 창구에 있어주어서 고마워요. 부디 건강하게 정년까지 파이팅입니다. 저도 파이팅 할게요.

    언제나처럼 멍하니 있었더니 요전에는 은행원이 아니라 옆에 앉은 노인이 "당신 차례 아닌가요?" 하고, 무릎에 놓인 번호표를 가리켰다.

은행에 비치한
잡지 종류도
체크합니다.

돈 관련 책과
요리책.

돈 확인

그곳을 지나갈 때마다, "앗" 하게 된다.

"앗" 하고 멈춰 섰다가 "앗, 아니네" 하고 지나간다.

가까운 역 통로 바닥에 동그란 은색 나사 같은 것이 박혀 있는데, 그게 눈이 나쁜 내게는 자꾸 백 엔짜리 동전으로 보이는 것이다.

아, 돈이 아니었구나. 좀 허탈하다.

요전에 마침 지인과 같이 걸어갈 때에도 또 무심코 멈춰 서고 말았다.

"왜 그래?"

"아, 아니, 백 엔짜리 동전 떨어진 줄 알고, 하하하."

솔직히 말했더니 이런 대사가 돌아왔다.

"너 전에도 그랬어."

창피하다.

마치 떨어진 돈 주우려고 맨날 땅만 보고 다니는 사람 같잖아.

돈 줍는 꿈을 자주 꾸던 시기가 있다.

회사를 그만두고 정처 없이 상경하여 얼마 되지 않았을 무렵이다. 저금과 퇴직금도 있어서 돈이 궁한 건 아니었는데, 꿈에서는 돈이 떨어져 있지 않나 하고 인적 드문 골목길을 찾아서 걷고 있다.

꿈에서 발견한 것은 당연히 500엔짜리 동전이다. 그것도 열 개, 스무 개 한꺼번에 떨어져 있다. 정신없이 줍고 있을 때 꿈이 깨지만, 한동안은 손바닥에 500엔짜리 동전의 서늘한 감촉이 남아 있을 만큼 리얼한 꿈이었다.

꿈 얘기가 나온 길에. 좀 꿈같은 사건이 있었다. 밤에 주차장에서 일어난 일이다.

주차장은 유료였다. 요금을 내기 위해 정산기로 향할 때, 내 바로 앞에 한 젊은 여성이 걸어가고 있었다.

밤이고 주위는 어두컴컴했다.

그의 발밑 반걸음 앞에 동그랗고 은색인 것이 두 개 떨어져 있는 걸 발견했다.

나사가 아니었다. 100엔짜리 동전과 50엔짜리 동전이 한 개씩 떨어져 있었다.

그가 나를 힐끗 돌아보았다. 돈이 떨어진 것을 등 뒤의 사람 (나)이 봤는지 기척이랄까, 분위기랄까, 그런 걸 살피려는 것이었으리라.

내가 돈의 존재를 눈치챘다는 걸 그는 알아차렸다. 그는 백 엔짜리 동전만 줍더니 그대로 정산기로 걸어갔다. 오십 엔짜리 동전은 내게 '양보'한 것이다.

두 사람 동시에 발견했으니 반띵.

그러나 그는 큰 쪽의 동전을 선택했다.

일련의 흐름이 재미있어서 자전거를 타고 돌아오는 밤길에 소리 내어 웃었다.

어린이들의 모금
모든 상자에
빠지지 않고
넣었는지
확인합니다.

모두들
자기 통에
넣어주길
바랄 테니까!

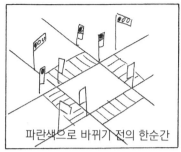

파란색으로 바뀌기 전의 한순간

"어머나, 아름답네!"

뭔가 예뻐.

라고
하겠죠.

나도
모르게
확인
하게
되네.

나는
신호등이 아름답게
느껴질
때가 있는데

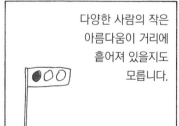

다양한 사람의 작은
아름다움이 거리에
흩어져 있을지도
모릅니다.

그것은 사거리
신호등이 전부
'빨강'이 되는
순간입니다.

사소한 것들이 신경 쓰입니다

어떤 사람은

"그게, 아름다워?"

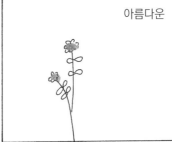

아름다운

하고 의아하게 생각할지도
모르고,

존재는

어떤 사람은

거리
곳곳에
있지만

보낸 메일 확인

보내기 버튼을 누르기 전에 제대로 확인하면 좋을 텐데 얼른 보내버린다. 말할 것도 없이 메일, 그것도 업무 메일이다.

방금 보낸 메일에는 '언제나 감사합니다'가 '언네자 감사합니다'로 되어 있었다. '언니네'라고 쓰지 않아서 다행이다.

그 메일 전에는 'NOBONAGA가 궁금합니다!'라고 쳐서 보냈다. 노보나가. 도쿄 기념품 과자 이름 같지만, 정답은 노부나가. 다카라즈카 가극단(일본의 여성 뮤지컬 극단-옮긴이)에서 오다 노부나가 공연을 하여 그 건에 관한 얘기였다.

메일 송신 이력을 스크롤하면 '소핑센터', '아무것도 하지 않는 여행', '다단해!' 등 찾으려고 하지 않아도 잇따라 오타가 보인다.

급히 보내지 말고 한 번 더 읽어보았으면 좋았을 텐데.

알고 있지만, 다다다다다다 치다가 탁 누르게 된다. 그러나 받은 메일은 몇 번이고 다시 읽는다.

보내기를 누른 후, 바로 문장을 확인한다. 이것은 단순한 확인.

이어서 타인의 시점에서 확인. 조금 시간을 둔 뒤, 받는 사람의 입장에서 다시 읽어본다.

'다단해!'는 뭐야, 이 사람 참.

이런 식으로.

젊은 시절, 여행지에서 좋아하는 남자에게 그림엽서를 보낸 적이 있다.

"잘 지내고 있나요. 지금 어디어디에 와 있어요. 오늘은 이런 곳을 보고 이런 것을 먹었어요. 돌아가면 연락할게요!"

별 내용 없는 글이었지만, 엽서 내용을 수첩에 한 글자 한 글자 옮겨 적은 뒤 우편함에 넣었다. 그 사람은 어떻게 느낄까. 나중에 '그'의 시점에서 다시 읽어보고 싶었다. 엽서에 그린 일러스트까지 정확하게 옮겨 그렸다.

그러고 보니 전에 젊은 여성들의 좌담회를 취재할 때, 메일이 화제가 됐다. 한 사람이 이렇게 말했다.

"한가할 때 내가 보낸 메일을 봐요."

그러자 "알아, 알아, 받은 메일보다 더 보게 돼." 하고 동의하는 사람이 적잖게 있었다. 그곳의 분위기가 숙연해졌다.

초등학교 국어 시간에 '○○적'이라는 표현을 배웠다. 그밖에 어떤 '○○적'이 있는지 찾아오세요. 그런 숙제를 내주어서 '객관적'이라고 써 온 아이가 몇 명 있었다. 객관적은 중요한 것이라고 배웠다.

내 속은 나 혼자만의 장소가 아니다.

그때의 교실도 어쩌면 좀 숙연했을지 모른다.

참고로 나는 '낙천적'이라고 써 갔다. 사서 걱정하는 성격이어서 전혀 낙천적이지 않은 주제에.

사소한 것들이 신경 쓰입니다

그래도 나는

경계 확인

왠지
그
틈이
좋아서

다음
틈은?

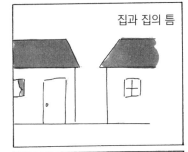

집과 집의 틈

흘깃

지나갈 때,
확인합니다.

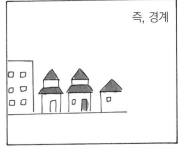

즉, 경계

물건이 잔뜩
쌓여서
지저분한
틈.

좁아
….

도시의
경계는
사람이
지나갈 수
없을 만큼
좁을 때도
많습니다만,

스크램블 교차로 확인

시부야의 스크램블 교차로. 굳이 건너고 싶어 하는 파(派)다.

시부야 센터가의 홈페이지를 보니 그 교차로, 많을 때에는 한 번에 3천 명이 건너기도 한다고.

신호가 파란색으로 바뀌어 군중이 움직이기 시작할 때면 매번 놀란다. 수족관에서 정어리 떼를 바라볼 때 같기도 하고, 철새 무리를 올려다볼 때 같기도 하다.

무리지어 나는 새들은 선두에 있는 새가 꼭 리더는 아니라고 들은 적이 있다. 어쩌다 보니 앞에 있어서 선두가 된 거라고 한다. 잠깐 동안의 톱스타이다.

나도 굳이 톱스타가 될 때가 있다. 별로 급하지도 않은데 시부야 스크램블 교차로 선두에 서서 신호가 바뀌기를 기다린다.

사소한 것들이 신경 쓰입니다

생각해보면 사람들 뒤에만 있었던 청춘이다.

공부나 운동, 음악, 미술, 글짓기. 어느 것 하나 1등을 해본 적이 없다.

고등학생 때, 친한 친구 그룹에서 '뭐든 1등'을 정했다. 각자의 장점을 재발견한다는 취지 아래, 억지로 뭐든 1등을 정해나갔다. "재미있는 사람 1등" "콩콩(배우 고이즈미 교코의 애칭―옮긴이)을 닮은 사람 1등" "글씨가 귀여운 사람 1등" 등등. 나는 "머릿결이 좋은 사람 1등"이 됐지만, 1등이라면 고작 그 정도.

하지만 그런 나도 간단히 많은 사람 중에 톱이 될 수 있다. 그것이 시부야 스크램블 교차로. 지하통로로 건너도 되지만, 선두에 서서 건너고 싶어서 굳이 지상에서 교차로를 가로지를 때도 많다.

오가는 사람들의 스피드는 엄청나다. 절대로 우물쭈물할 수 없다.

나는 언제까지 그 교차로를 가뿐히 건널 수 있을까?

나이와 함께 허리와 다리가 약해질 날이 온다. 그런 데서 부딪혀서 엎어지기라도 하면 큰일!

"다음부터는 지하를 이용해야지……."

그 경계의 날을 확인하기 위해 시부야 스크램블 교차로를 계속 건너는 것 같은 마음이 들지 않는 것도 아니다.

시부야 스크램블 교차로에 관해 조사하다 옛날에 이 상공으로 로프웨이가 지나갔다는 사실을 알았다. 공중 케이블카라고 하여 1950년대에 도큐 백화점 옥상에서 운행했다고 한다. 1952년에 개봉된 '도쿄의 보조개'라는 영화에서는 배우들이 실제로 공중 케이블카를 타는 영상도 있다. 무지하게 흔들렸다.

그런 유유자적한 시대를 거쳐 지금은 '시부야 스크램블 크로싱'이라 하여 일본의 관광 명소가 된 시부야 스크램블 교차로. 외국 여행자가 셀카봉으로 촬영하면서 신나게 건너고 있다.

곁눈으로 그걸 보며 나는 일부러 무표정하게 건넜다.

"늘 건너는 곳이어서요."

무표정이라기보다 영혼 없는 얼굴이었을지도 모르겠다.

하지만, 그 얼굴은 여행자들의 기념 촬영 배경이 되어, 그들과 함께 그들의 고향으로 날아가겠지.

도라에몽의 도구(만화 '도라에몽'에서 도라에몽은 도구를 사용하여 외국이나 우주, 과거나 미래로 이동할 수 있다―옮긴이)에는 벌써 있을까?

사진 속의 내가 진짜 나 대신 여행할 수 있는 도구. 만약 있다

면 시부야 스크램블 교차로의 '나'는 이미 세계 일주를 하고 있
을 테지.

어딘가의 나라로
여행을 떠난 '나'

사소한 것들이 신경 쓰입니다

화분 확인

집에서 역까지 얼마 걸리지 않아서 평소에는 자전거를 타지만, 가끔 걸을 때도 있다. 그때의 즐거움은 화분이다.

남의 집 현관 앞의 화분에는 얼굴이 있다.

똑같은 화분이 나란히 늘어서 있으면 그 집에 사는 사람의 꼼꼼한 얼굴이 떠오른다. 멋대로 하는 상상이지만, 방도 깨끗하게 정리되어 있지 않을까, 반상회 회람판도 보면 바로 다음 집으로 돌릴 것 같다. 똑같은 화분으로 꾸미는 집은 오래오래 피는 성실한 꽃을 즐기는 경향이 있다. 팬지나 비올라 같은. 오래 피어 있으면 동네도 밝다. 지역에 공헌하는 사람들의 집이기도 하다.

화분 색과 종류가 제각각인 집도 있다. 해마다 그때그때의 기분에 따라 더 사 보태고 있을 것이다.

꽃 종류도 오래 가는가 어떤가보다,

"예쁘네, 갖고 싶다. 사자" 정신이어서 개화 기간이 짧고 바로 잎이 되는 화분이 많다. 하지만 이건 이것대로 호탕함이 느껴져서 좋다. 이쪽도 역시 내 멋대로의 상상이지만, 이런 집 내부에는 화분과 마찬가지로 통일감이 없을 것 같다. 서양식 인형 옆에 전통 목각인형을 놓는다거나. 엄마가 사는 본가는 이런 느낌이다.

나육 식물만 죽 늘어놓은 집도 있다. 선에는 서런 식물 키우면 뭐가 재미있을까 생각했다.

음산해. 좀 징그러워.

하지만 우연히 다육 식물을 모아심기 해보았더니, 잊을 만하면 살며시 가련한 꽃이 피어서 여간 매력적인 게 아니었다. 이렇다 할 관리를 하지 않아도 되는 것도 편했다. 그렇다면 다육식물은 게으른 사람들이 좋아하는 게 아닐까. 참고로 나는 네모난 방을 동그랗게 청소하는 타입이다.

그밖에도 분재 화분, 국화 화분, 허브 화분 등, 현관 앞의 다양한 주장을 확인하며 걷다 보면, 가장 끌리는 것은 말라빠진 풀 화분, 흙만 남은 화분, 그런 것만 즐비한 집이다.

예전에는 이 화분들도 현관 앞에서 색채를 더했을 터다. 아침, 저녁으로 물을 주고 벌레 먹은 잎을 떼고, 태풍이 오는 계절에는 지붕 밑으로 이동해주었을 터다. 그런 화분이었을 것이다. 화분이 시든 집은 현관 주변의 잡초도 제대로 손질되지 않았다. 그렇다고 해서 가정이 행복하지 않은 건 아닐 것이다. 지나간 날들과 지금 이곳에 있는 시간. 빛바랜 화분을 보며 이런저런 생각을 하다 나는 역으로 향했다.

《에도풍속사전》을 펼쳐 보면 식목과 관련된 상인이 에도의 직업 중에 가장 많았다고 한다. 엄청난 원예 붐이 일어나, 정원사, 분재사가 태어난 것 같다.

또《에도서민의 즐거움》에 따르면 에도시대, 식목원은 일종의 행락지로 주목을 받게 됐고, 그런 분위기에서 등장한 것이 기쿠닌교(국화꽃으로 꾸민 인형-옮긴이)라고 한다. 기쿠닌교를 보여주는 명목으로 손님에게 화초나 분재를 사게 했다는 것이다.

그렇게 화분이 서민 생활에 퍼져서 요즘 세상에도 현관 앞을 화사하게 해주고 있다. 정원이 없는 사람에게는 화분이 정원 같은 것. 화분 정원이다.

요전에 오키나와의 나하에 여행 갔을 때, 활짝 핀 빨간 히비스커스 화분을 보았다.

이 집에서 이 마을에서 태어나 자랐더라면 나는 또 다른 나였을까. 그 다른 나를 좀 만나보고 싶었다.

　히비스커스 화분. 카메라 셔터를 누른다. 여행지에서도 언제나 그런 작은 풍경에 마음이 끌린다.

참고자료
《에도풍속사전》(이시이 아키라 지음•도쿄도슛판•2016년)
《에도서민의 즐거움》(아오키 코이치 지음•추오고론샤•2006년)

히비스커스 화분.
여기서 보는 것이
아름답다.

거리 풍경에
지지 않는
화려함이네.

오키나와에서

문득 눈에 들어온 바구니.

남자 고등학생이 있을 것 같아.

남의 집 창을 들여다볼 때처럼 좀 짓궂은 마음.

할아버지의 바구니에는 타임세일 도시락이 한 개.

이 바구니는 다이어트 중일까.

외롭다고 할 수는 없어,

이 바구니는 요리를 좋아하네.

라고 생각할 만큼은 어른이 되어 있었습니다.

세련 되셨네.

향신료랑 허브 같은 게 들어 있어.

왜일까요?

장바구니 확인

오늘, 뭐 드시나

슈퍼에서

하는 단순한 흥미.

저 집은
카레인가.

남의 바구니 안을

식구는 몇 명일까.
어떤 가족 구성일까.

슬쩍 보고 싶어
지는 것은

고양이 확인

자전거로 역 앞 슈퍼에 달려가는 초저녁.

제발 있었으면, 하고 확인하면서 페달을 밟지만, 좀처럼 만나지 못한다. 길고양이 얘기다.

"아, 있다!"

속도를 늦추고 라면 가게 앞으로 가까이 갔더니, 하얀 비닐봉지였던 적도 있다. 눈이 나빠서 종종 쓰레기 봉지를 고양이로 착각한다. 고양이로 보였다면 그건 고양이라고 단정하고 확인하지 않는 편이 좋을지도 모른다.

그런가 하면 잇따라 보이는 날도 있다.

골목길을 가로질러서 산책길로 사라지는 흑백 고양이.

신문가게 맞은편 집에서 꼼짝않고 앉아 있는 카오스 고양이.

그리고 날씬한 검은 고양이와 털이 긴 재색 고양이.

이 구역 아이들인 걸까. 낯익은 고양이들뿐이다.

사소한 것들이 신경 쓰입니다

열 살 남짓할 때였을까.

비가 오는 밤이었다. 새끼 고양이가 야옹야옹하고 우는 소리
가 근처에 울렸다.

"길냥이인가."

가족이 모두 모여 식사하던 중에 그런 얘기가 나왔다. 밤이
깊어도 새끼 고양이는 계속 울었다. 그래서 상태를 보러 가자고
하여 우산을 들고 밖으로 나왔다.

새끼 고양이는 논바닥 용수로 근처에서 흠뻑 젖어 있었다. 일
단 집으로 데리고 왔지만, 고양이의 색깔이나 무늬는 기억나지
않는다. 집에서 키울 수는 없었다.

키우지 못한 새끼 고양이는 한두 마리가 아니었다. 많이 있었다.

초등학교 때 친구와 학교에서 돌아오는 길. 드라마의 한 장면처
럼 새끼 고양이 여러 마리가 상자에 들어 있는 걸 본 적도 있다.

"착한 분, 키워주세요."

상자에 쓰여 있는 걸 보고 사명감에 불탔다. 반의 남자아이들
도 합세하여 새 주인 찾아주기를 시작했다.

누군가가 말했다.

"큰 집은 부자니까 큰 집에 부탁하면 되지 않을까."

그래서 큰 집의 초인종을 눌러서 "새끼 고양이 좀 키워주세

요.” 하고 부탁하며 돌아다녔다.

차갑게 쫓겨난 기억은 없다. 키워준다고 해서 기뻐한 기억도 없다.

상자의 새끼 고양이들은 마지막에 어떻게 됐을까. 버린 사람이 데리러 올지도 모른다고 원래 있던 자리에 갖다 놓았을지도 모른다. 그렇게 매듭짓지 않으면 아마 우리는 집에 돌아가지 못했을 것이다.

주인을 찾지 못한 그날의 귀갓길.

어린 나는 우리의 무력함을 슬퍼했을까. 아니면 가엾은 새끼 고양이를 거둬주지 않는 어른들을, 부자인 어른들을 원망했을까.

버려진 길고양이의 마음에 동화해서 몹시 쓸쓸한 마음으로 집 문을 열었을 게 뻔하다. 하지만 모두 같이 고양이 주인 찾기를 한 즐거움도 맛보았을 것이다.

집이 없는 고양이들과 관련된 몇 가지 추억.

집고양이도, 길고양이도 걸어가는 모습은 똑같을 텐데 길고양이 쪽이 쓸쓸해 보인다. 그 쓸쓸함이 마음속에 파고들 때의 느낌이 묘하게 정겹다. 결국 길고양이를 찾는 것은 향수를 그리워해서인가, 하는 생각조차 든다.

길고양이와 눈이 마주치는
잠깐 동안의 행복

패널 퀴즈 어택 25 확인

일본 최초의 퀴즈 프로그램은 1953년에 시작한 '제스처', 제목 그대로 제스처를 보고 각 팀이 정답을 맞혔다고 한다.

뭔가 즐거운 기분이 들었다. 일본 최초의 퀴즈 프로그램은 사람의 상상력을 겨루는 것이었다니.

과거 방송을 인터넷에서 찾아봤더니 있었다. 제스처 문제는 이를테면 이런 식.

"외국인 관광객에게 친절하게 대했더니 프러포즈를 해서 당황하여 사양하는 버스 가이드."

이걸 팀의 대표가 완벽하게 몸짓으로 설명하면 남은 사람들이 힘을 합쳐 맞힌다.

《텔레비전 50년 그날 그때, 그리고 미래로》라는 책에도 당시의 제스처 문제가 몇 개 실려 있었다.

'돈을 빌릴 때마다 문지방이 높아져서 사다리를 타고 넘어가

는 남자.'

'길고양이에게 최면을 걸어서 물고기를 잡게 하여 반찬으로 먹는 자취생'

꽤 길다. 긴 데다 일어날 수 없는 일을 소재로 했다. 이런 걸 몸짓 발짓으로 전하려면 여간 힘들지 않을 것이다.

문득 생각했다.

학교 교과에 제스처를 넣으면 어떨까? 물론 영어 교육은 중요하다. 그러나 손짓 발짓도 역시 이 세상을 살아나가기 위해 중요하지 않을까.

옛날에 친구와 스페인 여행을 갔을 때, 호텔 측 실수로 문제가 발생했다. 클레임을 걸려고 해도 이쪽이나 저쪽이나 영어를 못한다.

"호텔의 플라멩코 쇼를 무료로 보여주면 물러나겠다."

프런트에서 몸짓으로 그런 뜻을 전했더니 통했는지 받아들여 주었다. 표현력과 배짱을 익힌다는 의미에서는 학교 수업에 넣는 것도 나쁘지 않을 것 같다.

하지만 친구들 앞에서 하기는 좀 난이도가 높으려나. 플라멩코 쇼를 제스처로 하자면 당연히 춤을 춰야 할 텐데…….

각설하고, '제스처'로 유유히 시작한 퀴즈 프로그램이지만, 지금은 교양을 겨루는 형식이 주류다. 더 많은 지식을 가진 사람이 퀴즈 프로그램을 제압한다.

그런 가운데, 장수 프로그램 '패널 퀴즈 어택25'는 지식을 겨루면시도 그것만으로는 절대 승리하지 못하는 점이 대단하다.

프로그램 40주년을 기념해서 만들어진 '패널 퀴즈 어택 25 공식 팬북'에 규칙 설명이 단적으로 기록되어 있다.

"빨강, 초록, 파랑, 흰색 자리에 앉은 네 명의 빨리 누르기 퀴즈. 퀴즈의 정답을 맞히면 패널을 한 장 획득. 다른 사람 패널이 자기 패널 사이에 끼면 자기 것이 된다."

패널을 뒤집어서 자기의 색으로 만드는 것은 오셀로 게임에서 힌트를 얻었다고 한다.

매주 일요일, 오후.

집에 있을 때는 '패널 퀴즈 어택25'를 꼭 본다. 오랜 세월 고다마 키요시 씨가 사회를 봤지만, 현재는 다니하라 쇼스케 씨다.

답을 많이 말한 사람이 우승하는 날도 있고 거의 대답하지 못한 사람이 모두의 패널을 획획 뒤집어서 우승하는 날도 있다.

공식 북에 따르면 우승자 가운데 최소 정답 수는 세 문제라고
한다.

"퀴즈에서 뒤처져도 효과적인 패널 잡기와 전개로 운이 따르
면 우승할 수 있다."

설명만 읽어도 뭔가 위안이 된다. 조금 뒤처져도 우리는 만회
가 가능하네요, 그죠.

하지만 적은 정답수로 이긴 사람이 최종 문제에서 실수해서
해외여행을 놓치면,

"거봐, 인생 그렇게 만만하지 않아."

몰인정해지기도 하고, 완전히 같은 상황에서도

"안타깝네. 열심히 했는데, 나 응원했더니만."

정이 갈 때도 있다. 그렇게 만드는 무언가를 그 정답자가 갖고
있을 것이다. 그, 혹은 그녀는 현실 세계에서도 사랑받는 캐릭터
임이 틀림없다.

35년 동안 사회를 본 고다마 키요시 씨는 마지막 투병 생활
을 할 때도 '3단 자르기'라는 새로운 패널 공략법을 생각했다고
한다. 공식 북에는 병상에서 손수 그린 메모 사진도 있었다. 고
다마 씨의 성실한 근무 자세, 삶의 자세에 머리가 숙여졌다.

어릴 때부터 이 프로그램을 좋아했지만, 최근 더 좋아졌다.

이제 퀴즈 프로그램을 초월하여 깨달음의 프로그램에 가까워졌지만, 정답자들이 1패널당 1만 엔씩 받아간다는 현실감이 역시 좋다.

참고자료
《텔레비전 50년 그날 그때, 그리고 미래로》(NHK서비스센터 • 2003년)
《패널 퀴즈 어택25 공식 팬북―읽으면 25배 재미있어진다》(고단샤 • 2014년)

프로그램 마지막에
출연자들이
살짝 나오는 것
까지 확인

멍 ──

내 취향인 집을
찾고 있는
것도 아니고,

어째서 남의 집
안을 들여다보고 싶을까.

아주 잠깐,

생각해
보았습니다.

그 집 주인의
인생을
살아보기.

왜지?

뇌 속에서
그걸 즐기는지도
모르겠습니다.

정리해놓은 집,
지저분한 집,
물건이 많은 집,
적은 집.

일은
없나요?

남의 집 창문 확인

빤히
들여다
보는 건
안
되니까,

길을 가다가

정말로 '흘끗'
입니다만,

남의 집
1층 창문
커튼이
열려
있으면

'흘끗'
이니까
기억에는
없지만.

저는 확인하게
됩니다.

흘끗 들여다
보게 되는,

배치도 확인

배치도를 보는 일은 즐겁다.

신문 사이에 낀 전단에 주택 광고가 있으면 따로 빼 두었다가, 아침을 먹고 나서 커피를 마시며 본다. 소소한 오락이다.

넓은 루프 발코니가 있는 맨션아파트는 영원한 동경이다. 전에 딱 한 번 임대 맨션에서 산 적이 있는데, 침낭에 들어가서 겨울의 유성을 올려다보며 즐거워했다. 루프 발코니가 있는 배치는 사랑스럽다.

작은 안뜰이 있는 배치도 좋다. 잡아먹을 듯이 바라본다. 누구에게도 간섭받지 않는 우리 집 정원. 매일 아침 라디오 체조를 쭉쭉 할 수 있겠구나. 있어도 하지 않을 거면서 하고 있는 나를 상상한다. 놀라울 정도로 수납 공간이 적은 신축 배치도를 보면 이건, 사방 어질러놓을 게 뻔해, 하고 재미있어 한다.

초등학교 때, 별로 친하지 않은 여자아이와 얘기를 하다 집

배치도 그리는 걸 좋아하는 공통점이 있다는 걸 알았다. '배치도 인연'으로 방과 후, 그 아이 집에 놀러가게 됐다.

나는 배치도를 그린 스케치북을 갖고 갔다. 단지(團地) 생활을 하고 있었던 때라, 내가 내가 살고 싶다 생각하던 단독 주택 배치도였다. 아담한 정원에는 화단도 그려 넣었다.

친구의 집은 작은 정원이 있는 단독주택이었다. 그야말로 내가 꿈꾸던 집이었다.

이런 집이 있는데 어째서 배치도를 그리고 앉아 있지?

친구는 2층 자기 방으로 나를 안내해서 자기가 꿈꾸는 집의 배치도를 보여주었다. 나선 계단이 있는 넓디넓은 서양식 집이었다. 더 꿈이 있는 세계였다.

"마스다도 집 그림 그리는 걸 좋아해."

간식을 갖고 온 친구의 엄마에게 그렇게 소개해서 나는 부끄러워서 몸 둘 바를 몰랐다.

자, 아침에 본 배치도 감상이다.

배치도는 맨션이든 단독주택이든 어디든 좋다. 신축도 중고도 무방하다. 제각기 맛이 있다.

그것이 분양 주택이 아니라 주문 주택이고, 게다가 지은 지 얼마 되지 않은 거라면 내 머릿속에서 재현 드라마가 펼쳐진다.

주문 주택이란 건축가와의 의견 교환으로 시작된 집일 터.

어떤 집을 짓고 싶은지 그곳에서 어떤 생활을 하고 싶은지.

힌트가 될 건축 책을 사고 인테리어 사진을 스크랩하는 나날들. 때로는 가족과 의견이 맞지 않아서 싸우기도 했을 것이다.

회반죽벽이 좋았는데.

플로어링은 진한 갈색 나무가 좋았는데.

해먹을 다는 것이 꿈이었는데.

실내 정원을 동경했는데.

여러가지 이유로 자신의 의견이 통과되지 않은 것을 깨달은 가족의 누군가가,

"타일 색만은 양보할 수 없어!"

끝내 밤중에 울부짖는다. 사실은 원하는 타일 색도 없으면서······.

고가의 쇼핑이다. 싸우는 게 당연하다. 자기 인생을 생각하기도 했을 것이다. 이곳에서 마지막을 맞을 생각으로 사람은 집을 지으니까.

그런저런 사연을 안고 겨우 완성한 내 집. 얼마나 날아갈 듯한 기분이었을까.

그런데 이 가족에게 아직 지은 지 얼마 되지 않았는데 팔아야 할 날이 시시각각으로 다가오고 있다. 허무하다. 아니, 로또에 걸려서 호화 저택을 새로 짓는 것도 생각할 수 있다. 회반죽도 플로어링도 해먹도 실내 정원도. 다 떨쳐버린 것을 되찾는 꿈의 집이다.

　중고 물건 배치도를 보면서 나는 그곳에서 펼쳐졌을 이야기를 상상하며 숙연하게 남은 커피를 마셨다.

회식하고 돌아가는 길,
부동산 가게의 배치도를 보는
여유 시간

이
중에서
라면
여기네.

이사할 예정도
없으면서……

사소한 것들이 신경 쓰입니다

텔레비전 편성표 확인

그 옛날, 우리 집 채널권은 아빠만의 것이었다.

프로야구, 고교야구, 장기나 바둑, 스모, 경마 중계, 마라톤 중계. 아빠가 보는 프로그램은 하나같이 초등학생 자매에게는 흥미 없는 것뿐.

하지만 텔레비전은 보고 싶었다. 어린 동생과 나란히 앉아 할 수 없이 장기 대국을 보았다.

대국 중 유일한 즐거움은 시계 담당 여성이 초읽기를 개시할 때였다. 목소리가 아주 차갑게 들렸다.

"천천히 세어주면 좋을 텐데!"

장기판 앞에서 곤혹스러운 얼굴을 하고 있는 기사들이 불쌍해 견딜 수 없었다.

그러면서 그들이 괴로워하는 모습도 보고 싶은 것이다.

"평소보다 빨리 세면 재미있을 텐데."

심술궂은 마음도 키우면서 사람은 어른이 되어 간다.

주디 온그의 '매료되어'가 대히트한 것은 1979년.

그가 날개 같은 드레스의 팔을 펼치고 노래하는 것도 화제가 됐다.

초등학교에서는 남학생들이 교실 커튼을 이용하여 '매료되어' 의상을 흉내 내어 웃음을 사기도 했다.

그 팔랑팔랑한 날개가 보고 싶다!

아빠가 일찍 잠든 날에는 가요 프로그램을 볼 수 있었지만, 아빠가 자는 곳은 거실이고, 텔레비전은 거실에 있었다. 어둠 속, 아빠 이불 옆에서 숨을 죽이고 보았다.

언젠가 마음껏 텔레비전을 볼 수 있게 되었으면 좋겠어.

그 무렵의 나는 텔레비전만큼 재미있는 게 없었다.

어른이 되어 본가를 떠난 순간, 신문의 텔레비전 편성표는 내 앞에 무릎을 꿇었다.

"자, 어떤 프로그램이라도 봐주세요."

종일 텔레비전 앞에 있는 것도 아니고, 보는 것은 밤에 몇 시간뿐이지만, 그래도 나는 매일 신문의 텔레비전 편성표를 구석구석까지 확인했다. 뭘 봐도 되는 행복을 어린 시절의 '나'를 위해 음미해주고 싶었다.

참고로 이 원고를 쓰는 오늘은 2016년 3월 14일 오후. 텔레비전 편성표를 막 훑어보았다. 훑는다기보다 '읽었다'에 가깝다.

골든타임에 제일 좋아하는 '시쿠지리 선생님'이 있다. 한물간 연예인이 선생님이 되어 같은 과오를 되풀이하지 않도록 가르침을 준다고 하는 멋진 프로그램이다. 외출 예정이 있어서 예약 녹화해두었다. 녹화한 프로그램도 채널권의 하나다. 언제든 재생할 수 있다.

이미 방송 시간이 지난 프로그램까지 체크하는 것이 버릇이 됐다. 그리하여 '데쓰코의 방' 게스트도 확인 완료.

저녁 뉴스 내용도 비교해보았다. 특히 음식 특집. 니혼TV는 엄청나게 맛있는 커피숍 순례. 아사히TV는 일본과 미국의 맛집 천국 순례. TBS는 600개 완판한 변두리의 빵집. 녹화까지는 하지 않지만, 본다면 변두리 빵집이지, 하고 마음속으로 고른다.

어린 시절, 그토록 갖고 싶었던 채널권.

그러나 손에 넣었다고 해서 안심할 수는 없다. 언제 잃어버릴지 모르는 허무한 권리다.

병원에 입원하면 소등 시간도 있을 것이다. 요양원 거실에서 이 권리를 둘러싸고 쟁탈전이 벌어질 가능성도 있다. 무엇이든

볼 수 있는 현재에 감사하고 앞으로도 텔레비전 편성표와 마주

할 생각이다.

눈앞에 펼쳐진
텔레비전 편성표 바다도
언제 잃어버릴지 모른다.

사소한 것들이 신경 쓰입니다

그중에는

열쇠고리 확인

엄청나게
큰 것도 있고

여자 고등학생들의

대박

저건,
좀…….

가방에 달려
있는

내가
집에서 쓰는
열쇠
고리는
……

여러 가지
있지만,

다양한
열쇠고리.

3D 확인

　최근 조마조마해 하면서 본 3D 영화로 미국 영화 '하늘을 걷는 남자(The Walk)'가 있다. 뉴욕 고층 빌딩에 밧줄을 연결해서 걷는 남자의 이야기다. 지상 412미터. 안전장치 없음. 당연히 밧줄을 걷는 장면이 최대의 볼거리지만, 이것이 3D, 실제로 걷는 듯한 느낌이 들어 숨이 멎을 것 같다……. 보는 사람 마음도 모르고 남자는 밧줄에 앉기도 하고 급기야 누워서 뒹굴기까지. 조마조마를 넘어서 무시무시했다. 실화(!)라고 한다.

　'에베레스트 3D'도 무진장 리얼했다. 에베레스트에 도전하는 등산가들 이야기로 이쪽도 1996년에 실제로 일어난 조난사고를 바탕으로 만들었다. 제목에 '3D'를 달았을 정도라 영상 속에서 나부끼는 눈이 객석에 떨어져 내려앉는 것 같다. 만져본 적도 없는 에베레스트의 눈이 왠지 친숙한 느낌이 든다.

　3D 영화.

눈이 피곤하고 어깨도 결린다. 알지만 구시렁거리면서 보러 간다. 결국, 좋아하는 것이다.

처음에 본 3D 영화를 기억하지 못하는 것이 분하다. 무척 놀랐을 텐데 기억이 없다.

같은 세대인 지인에게 이 얘기를 했더니 처음 본 3D 영화는 기억나지 않지만, 어린 시절 집에서 텔레비전으로 처음 본 입체 애니메이션을 본 건 기억난다고 했다. 70년대 니혼TV에서 방송한 '집 없는 아이'라는 애니메이션이라고 한다.

그 시절에 그런 하이테크한 프로그램이? 위키피디어에서 검색해본 바, 정말로 있다. 특수 안경이 없어도 시청은 가능하지만, 안경을 끼면 더 입체적으로 보였던 것 같다.

"그 안경, 어디서 구했어요?"

"선물 받은 것 같기도 하고, 배부해준 것 같기도 하고, 산 것 같기도 하고."

지인도 옛날 일이어서 가물가물하다고 했다.

옛날 일이라고 하니 우리 부모님이 신혼 시절에 봤다는 영화가 생각난다.

"비행기가 진짜로 나는 것 같아서 보기만 해도 멀미가 나더라."

엄마가 그렇게 말한 기억이 난다. 멀미가 나서 속이 울렁거려 다음 날 부부가 나란히 결근까지 했다는 코믹한 전설까지.

영화 제목이 뭐였더라?

엄마한테 전화했더니, '80일간의 세계일주'라고 한다. 멀미가 날 만큼 격렬한 내용이었나? DVD를 빌려다 보았지만, 주인공들이 타고 있는 건 비행기가 아니라 열기구였다.

아마 엄마와 아빠가 멀미를 한 영화는 1954년에 개봉된 '비상착륙(The High and the Mighty)'이라는 미국 영화가 아니었을까 싶다. 줄거리를 읽어보니 여객기가 폭풍에 휘말려 위기에 빠지는 것이었다.

이 영화는 시네마스코프라고 하는 가로로 긴 대형 스크린으로 상영되어 상당히 박력 있었던 것 같다. 지금의 3D 기술과는 비교가 되지 않겠지만, 당시 사람들은 영화 속으로 빠져드는 듯한 느낌에 흥분했을 것이다.

일생 동안 경험할 수 있는 일은 아주 조금이다. 수많은 모르는 세상에 이별을 고하고 우리는 죽어간다.

엄마도 진짜 비행기를 탄 것은 몇 년 전에 나와 간 오키나와

투어. 그게 없었더라면 시네마스코프로 본 영화만이 엄마의 비행기 체험이 됐을지도 모른다.

그러나 설령 그렇다 하더라도 영화 '비상착륙'을 본 것과 보지 않은 것은, 인생에서의 '비행기경험치'가 다를 것 같다는 생각이 든다.

인생은 한 번뿐.

그렇다면 적어도 3D 영화의 힘을 빌려 고층 빌딩을 밧줄타기로 건너기도 하고 에베레스트 등산도 해보고 싶다. '제로 그래비티'에서는 우주 공간, '쥬라기 공원'에서는 되살아난 공룡들을 올려다보고 싶다. 살아보지 못한 몇 가지 인생을 확인하기 위해 나는 3D 영화를 보러 다니는 게 아닌가 싶다.

사소한 것들이 신경 쓰입니다

엔딩 크레딧 확인

영화는 영화관에서 보는 편이다.

비디오로는 차분하게 보지 못한다.

"아, 초콜릿 가져와야지. 메일도 보내놔야 하고 또 화장실도."

이내 일어서서 허둥거린다.

그러느라 시간이 너무 걸려 최종적으로는 2배속으로 보는 일도……

알고는 있지만, 어떤 감동 대작이어도 2배속으로 돌리면 전혀 가슴에 와닿지 않는다.

몇 년 전부터 부지런히 영화관에 다니는 것은 콤플렉스에서 비롯됐다. 감수성 풍부한 나이 때 영화를 많이 보지 못한 콤플렉스이다.

영화를 잘 아는 사람이 멋있다.

그런 사람으로 보이고 싶다는 사심이 내게는 있다.

그러나 지금부터 비디오로 명화를 배우려고 해도 2배속의 벽이 가로막고 있다. 그렇다면 영화관에서 신작을 보고 그것들이 고전이 되어가는 것을 느긋하게 기다리자는 작전이다.

영화라고 하니, 그 감독이 누구였더라.

한참 전의 얘기다. 도쿄의 우동 가게에서 카레우동을 먹고 있는데 단체 손님이 들어왔다. 서른 명 가까이 됐을까. 들고 있는 기재를 보고 촬영 팀이란 걸 알았다.

'감독님'이라고 불리는 사람이 있었다. 당시의 내게는 할아버지로 보였다. 날카로운 눈을 가진 사람이었다.

잠시 후 젊은 남자 한 명이 내 자리로 다가왔다. 오후 3시의 우동가게. 손님은 나뿐.

"꼬치구이집에서 뒤풀이 할 건데 같이 어떠세요?"

놀라서 "넷? 모르는 사람이 참석해도 되나요?" 하고 물었더니, 좋다고 했다. 그는 바로 따라 온 선배인 듯한 남자에게 끌려갔다.

과연 그 할아버지는 영화감독이었을까.

내가 2배속으로 본 명화의 감독이었을지도?

하고 생각하니, 영화에 문외한인 내가 너무 미웠다.

다시 앞으로 돌아가서 영화관에서 하는 영화감상 얘기.

다 보고 나면 엔딩 크레딧이 흐른다. 그 순간, 우르르 일어나서 돌아가는 사람들이 있다.

엔딩 크레딧이 무료하긴 하다. 할리우드 영화는 길이도 어마어마하다. 알파벳 나열만 주시하며 관내가 밝아지기를 기다리는 그 시간.

돌아가고 싶다, 엘리베이터도 복잡할 테고.

그러나 엔딩 크레딧이 다 흐른 뒤에 쿠키 영상이 따라오는 경우가 있으니 방심할 수 없다.

끝난 줄 알았죠? 아직 있습니다요!

제작 측의 서프라이즈. 인내심 강하게 앉아 있던 자들에게 주는 포상이다.

일찌감치 자리를 뜬 사람이 그걸 통로에서 돌아보는 모습에 우월감조차 끓어오른다.

역시, 그럴 줄 알았다니까!

내 입으로 말하긴 뭣하지만, 이런 사소한 우월감을 느낄 수 있어서 쿠키 영상이 없는 것을 확인할 때까지 나는 일어설 수 없다.

아니, 이건 포상이 아니라 정기적으로 울리는 경종일지도 모른다.

서두르면 일을 그르친다. 성질이 급하면 손해를 본다. 행운은 누워서 기다려라. 참고 견디면 복이 온다. 쥐구멍에도 볕들 날 있다.

'기다리다'에 무게를 둔 많은 교훈.

그렇다.

우리는 너무 서두르고 있다.

비행기가 도착했을 때를 떠올려보기 바란다. 램프가 꺼지기 전부터 찰칵찰칵 안전벨트를 풀고 램프가 꺼지면 혈안이 되어 짐을 내린다. 이렇게 말하는 나도 매번 전후좌우 사람들과 사소한 경주를 되풀이한다.

뭐가 문제인 건데? 남녀노소 할 것 없이 험악해지는 사람들의 분위기. 점점 격화되는 느낌이 든다. 마치 우리 집 근처 신사의 가을 축제 때 열리는 '모치마키(액막이 제사를 한 뒤 모인 사람들에게 떡을 뿌리는 의식—옮긴이)' 정도의 살기다(완전 무섭다).

영화계를 본떠 비행기도 서프라이즈를 생각해보면 어떨까. 도착 후에 기장이 짤막한 얘기를 해준다거나. 필요 없다.

수화물은 천천히 내리고, 영화는 엔딩 크레딧이 끝날 때까지 기다리고, 나는 명화를 2배속으로 보는 것을 금지해야지.

사소한 것들이 신경 쓰입니다

응?

기둥 주변에서

커플 확인

말없이 서 있는 커플.

이따금 보지 않습니까.

사소한 다툼인지,

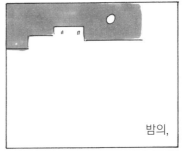

밤의,

발견.

혹은 이별 얘기인지 모르겠지만,

역 개찰구,

다카라즈카 확인

디카리즈카 팬인 친구와 지인들은 엄청나게 바쁜 것 같다. 공연 티켓을 구하느라 날마다 흥분해 있고, 차 모임도 있는 것 같다. 좋아하는 배우의 은퇴 공연이라도 하면 자는 시간도 아까워하며(돈은 아까워하지 않음) 공연을 보러 가는 모습.

이렇게 억측으로 얘기하는 나는 이른바 '즈카 팬'은 아니지만, 다카라즈카 무대를 좋아한다! 즈카 팬인 친구와 지인을 따라 한 해에 몇 번 도쿄의 히비야 극장에서 관람한다.

다카라즈카 관극은 누군가와 함께일 때도 있지만, 기본적으로 혼자 가는 걸 좋아한다. 혼자 여운에 잠긴 채 극장을 뒤로하고 카페에 들어가서 한참 멍하니 있는다. 거기까지가 내 다카라즈카 관극이다.

극장에 있는 동안에도 여러 가지 할 일이 있어서 분주하다.

도쿄 다카라즈카 극장 2층에는 셀프 서비스 카페 코너가 있다. 일단은 공연 시작하기 전에 그쪽에서 배를 채우……는 사람들을 확인해야 한다.

카페에 설치된 동그란 테이블에 의자는 없고 입식 스타일. 매점에서 산 것을 먹고 마실 수 있게 되어 있지만, 갖고 온 것을 먹는 손님도 간혹 있다. 그것이 의외로 편의점 삼각 김밥이나 빵이어서 먹기에 부담이 없다.

꿈의 세계에 들어가기 전에 초현실적인 허기 때우기. 일상에 다카라즈카가 녹아들어 있어서 가능한 선택. 나처럼 '모처럼 히비야까지 왔으니까' 하고 맛집 가이드 펼쳐놓고 '극장 근처에 피자 토스트를 잘하는 가게가 있군!' 하고 들렀다가 가는 '나들이 감각'은 진정한 즈카 팬에게는 사악한 짓일 것이다.

관극 전에는 편의점에서 후다닥 사서 먹을 수 있는 것으로 충분.

그렇게 공연 시작 전의 숙련된 풍경을 확인할 때마다 나는 넋을 잃는다.

아마 그것은 무언가에 진심으로 빠져본 적이 없는 사람(나) 특유의 동경. 열광적인 팬이 되겠다는 꿈을 이루지 못한 채 40여 년 살아왔다. 그런 성격이라 포기하고는 있지만, 그만큼 해마다 덕질 체질인 사람에 대한 동경이 커진다. 일생에 한번쯤 누군가의, 혹은 무언가(구단이나 축구팀 포함)의 덕후가 되어 불타올라 보고 싶다.

그런 얘기를 거래처 여성에게 했더니,

"저는 전혀 덕질할 마음이 없었는데요, 뜬금없이 자니즈에 빠졌어요! 번개 맞은 것처럼요."

그렇다면 나도 언젠가 번개를…… 하는 희미한 기대가 생겼지만, 어쨌든 지금은 '좋아함' 다음 문을 열지 못한 채로인 다카라즈카다.

각설하고, 다카라즈카의 카페 코너는 극장에서만 먹을 수 있는 공연 한정 디저트도 체크 포인트.

공연 종목이 바뀔 때마다 카페 디저트도 달라진다. 그리고 왠지 그 디저트의 네이밍이 재미있다.

이를테면 가장 최근에 간 '엘리자베스−사랑과 죽음의 윤무'의 디저트 이름은 '마지막 탱고는 나의 것♪'. 완전한 언어유희. 경단에 초콜릿 푸딩과 살구잼이 올려진, 꽤 손이 많이 가는 디저트였다(먹진 않았지만).

인터넷에 검색해보면 과거의 공연 한정 디저트들이 소개돼 있다.

'백야의 맹세—구스타프 3세, 자랑스러운 왕의 전쟁' 공연 한정 디저트는 '백야의 치즈냐?'. 치즈 케이크 계통 디저트 같지만, 맹세와 '치즈냐?'가 연결될 때까지 약간 시간이 걸렸다. '1789 바스티유의 연인들' 공연 디저트는 뭔가 엄청났다. 그 이름도 '1789—좋겠다 아구아구'. 좋겠다 아구아구?

그러나 모든 것이 계산된 것이다. 1막이 끝나고 기분이 고양된 막간에 먹는 것이라면 이 정도로 들뜬 디저트가 아니면 균형이 맞지 않는다. 앞으로도 공연 한정 디저트에서 눈을 뗄 수 없을 것 같다.

하지만 다카라즈카 관극에서 내가 가장 매료되고 즐기는 것.

그것은 사랑에 빠지는 순간이다.

아름다운 톱스타와 아름다운 여성 역의 두 사람이 마주보며 지금 막 사랑에 빠졌습니다, 하고 알기 쉽게 가르쳐주는 장면에 매번, 매번, 가슴이 뜨거워졌다.

아, 안다, 이 기분.

물론 내 사랑이 다카라즈카처럼 빛났을 리는 없지만, 내 인생에서 눈부신 추억. 그 팔이 간질간질해지는 느낌을 잊지 않은 것에 안도했다.

사랑에 빠지는 장면에는 화려함이 있다.

그것이 호화찬란한 다카라즈카여서 더 눈부시다. 아름다워서 눈물이 다 난다. 너무 아름다워서 흘린 눈물의 성분을 과학자들은 조사한 적이 있을까? 엄청난 면역력이 포함돼 있지 않을까 싶은데, 과연 어떨지.

- 112 -
사소한 것들이 신경 쓰입니다

공연이 끝난 뒤에 흐르는
'잘 가요, 여러분'이라는 곡을,

멋지다
......

입하듯이 하며
장을 떠납니다.

사소한 것들이 신경 쓰입니다

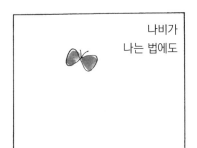

나비가
나는 법에도

나비 확인

물론 의미나
이유가 있겠죠.

나비.

여기서는

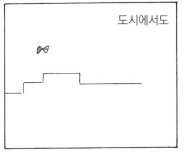

도시에서도

지휘자가 휘두르는 지휘봉의
움직임처럼

아.

이따금,
봅니다.

100엔 균일 가게 확인

골치 아픈 일이 한 가지 해결되면 또 골치 아픈 일이 생기는 우울한 날의 해 질 녘.

조사할 게 있어서 도서관에 갔더니 휴관일이었다.

아아, 내가 세상에서 튕겨져 나간 것 같다.

아무도 없는 도서관 앞, 자전거를 탄 채 노을을 보았다. 평소라면 바라보았을 노을을 그냥 멍하니 보았다.

기껏 외출복을 입고 나왔는데 집에 곧장 돌아가기도 아깝다. 차라도 마실까 하고 자전거를 타고 역 앞으로 향했다. 도중에 일할 때 사용하는 클리어 파일이 떨어진 게 생각나서 대형 100엔 균일 가게로 향했다.

가게 안에 들어섰다. 코를 찌르는 비닐 냄새. 냉방이 잘 되는 가게에는 없는 게 없지 않을까, 싶을 만큼의 상품이 질서정연하게 진열돼 있다. 미니멀 생활이 붐이지만, 100엔 균일 가게의 진열대를 보고 있으면 이건 이것대로 예쁘네, 하는 생각이 든다.

클리어 파일을 사러 왔다. 안다. 그러나 다른 걸 보지 않고 돌아가는 게 가능한가? 어떤 것까지 100엔에 파는지 확인하고 싶은 마음이 꿈틀거린다.

먼저 입구에 있는 계절 코너. 벌레 관계 물건들로 정신없다. 아이들이 좋아하는 장수하늘소와 하늘가재의 밥 '벌레 젤리'가 진열됐다. 나도 초등학생 때 하늘가재, 아니, 장수하늘소였나? 어쨌든 까맣고 딱딱한 벌레를 여름 내내 키웠다. 물론 사료는 사람이 먹고 남은 수박껍질만 주면서. 평소보다 빨간 부분을 좀 더 남겨서 "옛다, 먹어라" 하는 거만한 자세로 주었던 생각이 난다. 지금은 100엔 균일의 '벌레 젤리' 쪽이 수박 껍질보다 싸게 치일 것 같다.

다른 진열대. 네일숍 뺨치는 라인업으로 매니큐어가 줄줄이. 내가 중학생이라면 용돈으로 샀겠구나 하고 바라보았다.

여름 방학, 진한 핑크색 매니큐어를 살짝 바를 때의 두근거림. 당시 곧잘 마신 탄산수의 달콤함이 되살아난다.

남성용 코너는 어찌나 충실한지 눈이 동그래졌다. 구두까지는 없었지만, 벨트, 와이셔츠, 바지, 양말. 종류도 풍부하여 고를 수 있을 정도. 관혼상제용 넥타이는 고무가 달려서 묶지 않아도 목에 걸 수 있는 아이디어 상품. 이것도 100엔이야, 대박이네, 하고 걸고 있는데 수영용품도 아주 훌륭했다. 고글도 100엔, 수영모자도 100엔. 어머 이것도 100엔이구나, 세상에.

넓은 가게에는 아이들 데리고 온 부모도 많아서 아이들이 장난감 코너에서 "사줘, 사줘" 하고 조르고 있다. 의외로 "안 돼"라고 거절하는 부모도 많다. 100엔이라고 뭐든 사주는 건 아니라는 것이 판명됐다.

이어서 청소용품 코너. 화장실 청소하는 솔만 해도 여섯 종류나 있다. 그중에는 손잡이에 거울이 붙은 것도 있어서 잘 보이지 않는 뒷면도 이거라면 오케이. 하지만 보고 싶지 않은 마음도……

한차례 둘러본 뒤에 드디어 목표물인 클리어 파일 코너로.

엄청난 파일을 발견했다. 세계 명화 파일이다. 고흐도 있고 클림트도 있다. 베르메르까지 있다.

베르메르는 이 사실을 알면 어떻게 생각할까? 자기 그림이 100엔짜리 파일이 되어 멀리 일본의 가게에 진열돼 있다. 베르메르의 클리어 파일에 넣을 자료는 어떤 걸까. 무엇을 넣으면 베르메르는 납득할까?

이런 생각을 하면서 가게를 어슬렁거리고 다닌 30분.

나는 나를 덮치고 있는 골치아픈 안건을 전부 잊어버리고 그저 100엔 상품만 생각했다.

아무것도 없는 장소보다 너무 많은 장소 쪽이 도피하기 좋다. 의외로 그런 것 같다.

100엔 균일 가게.
어디에 쓰는지 모르겠지만,
어딘가에 쓰고 싶어서 갖고 싶어진다.

집?

그런 상품
카테고리가 있습니다.

사소한 것들이 신경 쓰입니다

무인양품 확인

이를테면 약속 시간까지 앞으로 15분. 차를 마시기에는 좀 부족하고 편의점에 머물기에는 좀 길다. 그럴 때, 무인양품의 자주색 간판이 보이면 반갑다.

무인양품, 입점.

전체적으로 스모키한 배색, 민족 악기를 사용한 듯한 음악, 손님이 걷는 속도, 점원의 태도. 몸속에, 순간적으로 무인양품적인 것이 파고든다.

생각해보면 그 무렵부터 달라지지 않았다.

고등학교 시절이니 한참 전의 얘기가 되겠지만, 내가 사는 지역에 무인양품이 생겼다. 아직 이름도 알려지지 않았을 때였지만, 한 걸음 발을 들이밀면 신기한 공기에 휘감겼다. 뭐지, 이 가게는?

당시 무인양품 상품 중 기억에 남는 것은 노트다.

"그 가게, 노트 싸더라."

학교에서 조금씩 화제가 됐다. 갈색의 단색 표지. 판지 같은 투박함. 무인(無印)이 아니라 빈티인(印). 처음에는 다들 장난으로 그렇게 불렀을 정도다.

전혀 예쁘지 않은 노트인데 절약이 되니까 산다. 그런 이미지였는데 스티커를 붙여서 오리지널 노트를 만드는 아이가 나왔다. 점점 애용자가 늘어나며 더는 빈티인이라고 부르지 않게 됐다.

집에 들어가기 전에 운동이라도 좀 하고 갈까, 하고 무인양품 매장을 도는 일도 있다. 이미 가벼운 짐(gym) 대신이 됐다.

상품을 하나하나 보면서 워킹.

이거 알아, 산 적 있어, 이것도 알아, 산 적 있어.

과거에 산 물건을 괜시리 확인하는 나.

플라스틱 수납 상자는 지금까지 몇 개를 샀는지 모른다. 이사할 때마다 벽장 크기에 맞춰서 다시 사곤 했다. 지금도 몇 개 사용하고 있지만, 내 인생에서 수납해온 많은 물건이 추억과 함께 무인양품의 플라스틱 수납 상자째 마음속에 쌓여 있다. 그런 마음조차 든다.

다음은 뭐더라, 펄프보드 박스도 몇 개나 사서 조립했지. 커튼도 다양한 사이즈로 구입했다. 슬리퍼, 거울, 쿠션, 이불에 베개.

버린 것도 수 없이 많지만, 이 가게가 없었더라면 나는 어디서 대용품을 샀을까.

이거 알아, 산 적 있어. 이것도 알아, 산 적 있어.

이것저것 확인하면서 그중에 신상품을 발견하면,

"그래그래, 열심히 개발하고 있구나."

오랜 세월 단골답게 묘하게 거만해진다.

단골뿐만 아니라, 아주 잠깐이었지만 옛날에 무인양품에서 아르바이트도 한 적 있다.

출근해서 매장에 나가기 전에는 반드시 발성 연습이 있었다. "어서 오십시오." "감사합니다." 등등.

그중에 "위스키"가 있었다.

"위스키."

"키"를 할 때 웃는 입매가 되기 때문에 웃는 얼굴 연습이었을지도 모른다. 지금도 "위스키"를 하는지 어떤지 모르겠지만, 아주 가끔 어? 오늘 나 아직 웃지 않았네? 싶은 저녁 무렵. 컴퓨터 앞에서 "위스키" 하고 입을 벙긋거려 볼 때가 있다.

무인양품, 앞으로도 꾸준히 이용할 것이다. 장래에는 정갈한 디자인의 노인용품도 라인업 되겠지. 나는 그런 물건들을 이용하면서 산책삼아 천천히 가게로 향할지도 모른다.

사소한 것들이 신경 쓰입니다

사소한 것들이 신경 쓰입니다

집에 도착할
겁니다.

전철 안 확인

게다가
대단한 것도
아닙니다.

알고 있습니다.

아니,

앞으로
조금 더,

해마다 같은 시리즈의 것을
사용하고
있어서

그러니까,
30분 정도면

패스트 패션 확인

DC브랜드(디자이너 브랜드(D)와 기업의 캐릭터 브랜드(C)를 DC브랜드라고 한다-옮긴이) 붐이라는 말을 들으면 심통스러워진다. 아직도 그 붐을 이해할 수가 없다.

80년대. 버블이라고 불린 시대다. 당시 나는 고등학생이었고, 아르바이트하는 빵집의 시급은 500엔 정도. 매달 용돈이 5000엔. 부모가 만 엔짜리 지폐를 들고 택시를 세웠다는 에피소드도 없고 버블은 텔레비전 안에서나 일어나는 일이었다.

그런데도 DC브랜드 붐이었단다.

특별한 것도 없는 얇은 흰색 긴팔 셔츠도 인기 브랜드 태그가 붙어 있으면 1만 엔. 그걸 서로 빼앗듯이 샀다. 딱히 흰색 셔츠를 사고 싶었던 건 아니고 그게 제일 싸기 때문이었지만, 그런 슬픈 쇼핑을 했던 찜찜함이 아직도 가시지 않았다.

고등학교 수학여행은 사복을 피로하는 무대이기도 했다.

DC브랜드복이 아니면 촌스럽겠지. 엉터리 같은 생각으로 우리는 무대 의상 고르기에 골머리를 앓았다. 골머리를 앓는 것만으로는 해결이 되지 않으니 모두 아르바이트에 열을 올렸다.

슈퍼에서 계산대를 보는 친구들도 많았다. 바코드로 '삐빅' 하는 시스템 전이어서 계산은 전부 손으로 입력. 친구들은 노트에 레지스터 그림(가격을 입력하는 숫자 부분)을 그려서 수업 중에도 치는 법을 연습했다. '1'은 엄지로 치는 게 빨라. 친구의 명언을 잊을 수 없다.

그리하여 수학여행 당일. 아르바이트비를 다 털어서 산 브랜드 로고가 들어간 트레이너가 잘 어울렸는지는 모르겠다. 나는 팔이 길어서 아마 사이즈가 맞지 않았을 터.

하지만 그건 사소한 일이었다. DC브랜드인지 아닌지가 중요했으니까…….

세월은 흘러 패스트 패션 가게가 우후죽순 거리에 생겼다. 싸고 가볍게 입을 수 있는 데다 디자인성도 높고 상품 회전 주기도 빠르다. 2008년에 일본에 상륙한 스웨덴 브랜드 H&M이 불을 붙이는 역을 했다.

시부야의 H&M 앞을 지날 때, 색색의 옷이 유리 너머로 보인다.

"예쁘다."

밤이면 라이트 업에 저절로 빠져들 정도.

오늘 밤, 이 가운데 내가 원하는 것이 있을지도 모른다.

문득 그런 기분이 들어서 백화점 지하에서 저녁 반찬을 사서 가려고 서점에서 나왔으면서 어물쩡거리다 H&M에 빨려 들어간다.

어떤 사람이 점원인지는 얼핏 봐서 모른다. 손님인가 생각한 사람이 점원이고 대량의 옷을 들고 있어서 점원인가 했는데 손님이다.

어서 오세요, 라는 말은 아무도 기대하지 않는다.

"우리 집의 거대한 옷장에서 내일 입을 옷을 고르는 것뿐."

손님은 그런 얼굴로 손에 든 옷을 거울 앞에서 이리저리 대보고 있다. 고급 브랜드 직원에게 냉대받은 것에 아직도 한을 품은 나로서는 이 경쾌함이 눈부시다.

눈을 확 끄는 화려한 프린트 무늬의 원피스.

목둘레에 세련된 레이스가 달린 클래식한 블라우스.

소매가 찢어져서 어깨가 드러나는 좀 섹시한 니트.

가격표를 보면 3000~4000엔 정도. 사이즈도 촘촘하게 줄줄이 걸어놓아서 안에서 꺼내달라고 해야 하는 불편도 없다.

나는 기하학 무늬 블라우스를 손에 들면서 이래서 좋아, 하고 언제나 생각한다.

어떤 옷이 자기한테 어울리는지 잘 몰랐던 열일곱 살의 나.

"얘, 이거 어때?"

들떠서 친구들하고 이것저것 시착하며 가장 잘 어울리는 옷을 골라 입고 싶었다. 텔레비전 속의 버블은 그 시절, 고등학생이었던 우리에게 옷을 고르는 즐거움은 주지 않았다.

적은 용돈으로도 이것저것 살 수 있구나, 옷 고르는 일은 너무 즐거워.

시공을 넘어서 머릿속의 '열일곱 살 나'가 H&M 속을 어슬렁거리고 있다.

사소한 것들이 신경 쓰입니다

확인하는 것은
왜일까요?

쇼핑 카탈로그 확인

대박-

카디건이나
판초로도
쓸 수 있네.

네 종류의
사용법이 있는
숄,

비행기

마음에
드네.

주머니가
잔뜩 달린
여행용
포셰트,

좌석 앞에 있는
쇼핑 카탈로그.

오호라.

객실 승무원이
고안한 지갑,

살 생각도
없으면서

정리정돈 책 확인

한잔하고 돌아오는 길.

좀 더 헤매고 싶어서 심야의 쓰타야 서점에 빨려들듯 들어갔다.

이런 밤에는 사진이 가득한 책을 보고 싶다.

미용이나 요리 책을 휘리릭 넘기며 분명히 따라하지 않을 화장법이나 만들지 않을 세련된 요리 레시피에 시선을 멈춘다.

그러나 가장 보고 싶은 것은 그 다음 칸에 있었다.

정리정돈 책 코너다.

최근 상당한 공간을 차지하고 있는 이 코너. 수납법, 정리정돈법. 미니멀리즘 계통의 책들.

아주 좋아한다, 보는 것을.

이 코너가 없었을 때, 여기에는 어떤 책이 꽂혀 있었을까?

참으로 충실한 상품 진열이다.

미니멀리즘을 추구하는 사람들의 방 사진을 천천히 확인한다.

"정말 없네."

라고 생각한다. 혹은

"더 없앨 수 있는 방법은 없을까."

라고도 생각한다.

"노력해서 물건을 더, 더 줄이면 좋겠네."

라고까지 생각하는 나는 대체 왜 이러는 걸까.

남의 집이 깔끔하게 정리된 것을 보면 후련해지는 신기한 기분.

그렇다고 우리 집이 엉망진창인 것도 아니고, 비교적 잘 정돈되어 있지만, '물건이 없는 집'이라고는 할 수 없다.

나는 그런 유의 책을 넘길 때, 대체 무엇을 즐기는 걸까.

어느 날 밤, 생각해보았다.

그리고 문득 깨달았다.

영화를 보는 느낌에 가깝지 않을까.

정리정돈 책은 영화의 한 장면 같은 것.

나는 깨끗하게 정돈한 사진 속의 집에 영화를 볼 때처럼 들어가서,

"옷이 적으니 역시 찾기가 쉽네."

옷장을 보고 기뻐하고,

"그릇이 이것만 있어도 괜찮구나."

하고 주방에 서 있다. 완전히 그 집 사람이 돼 있다.

날마다 나는 나일 수밖에 없다.

내가 한 일은 내가 책임질 수밖에 없고, 다른 누구와도 교체할 수 없다. 잠시 그 짐을 내려놓고 정리정돈 책 속의 아~무것도 없는 방에서,

"아~무것도 없다."

하면서 흐뭇해하고 싶은 밤도 있다.

그러고 보니 사람을 많이 만난 날일수록 헤어진 뒤 혼자 영화를 보고 돌아갈 때가 많다. 일단 다른 세계에서 쉬었다 가고 싶은 마음이라고나 할까.

그런 생각을 하다, 옆에 서서 정리정돈 책을 읽고 있는 젊은 여성을 슬쩍 훔쳐보았다. 그도 역시 옆에 있지만, 옆에 없는지도 모른다.

잠시 모든 것을
팽개치고
아무것도 없는 세계로

교토역 신칸센 개찰구 안 확인

교토역 신칸센 개찰구 안의 기념품 매장은 즐겁다. 너무 즐거워서 차에서 내렸을 때도, 차를 타기 전에도 이곳을 둘러볼 시간, 말하자면 확인 시간을 준비해둔다.

교토역 신칸센 개찰구 안. 먼저 두 군데 있는 카페 중 한 곳, '교시모가모 호센'에서 휴식. 본점은 시모가모에 있다고 하는데, 아직 가본 적은 없다. 팥을 중심으로 단바 검은콩(일반 콩보다 3배 정도 크다-옮긴이), 밤 등으로 만든 화과자를 즐길 수 있다.

언제나 꼭 먹는 것은 녹차칡탕

메뉴판에 주문 후 만들어서 내기 때문에 시간이 좀 걸린다고 써 있다.

괜찮다. 시간은 있다. 챙겨뒀다. 개찰구 내의 카페라고는 생각할 수 없는 조용하고 차분한 가게에서 기다리기 몇 분.

찻잔만 한 그릇에 나무 뚜껑. 열어보니 짙은 녹색. 녹차를 듬뿍 사용한 것이 보인다.

뜨거운 녹차 맛의 칡에 단바 팥(최고급 팥의 대명사다―옮긴이)이 올려 있다. 굵직하고 훌륭한 팥이다. 나무 스푼으로 살며시 떠서 입으로 가져가면,

"와아, 칡~."

하는 소리가 나올 만큼 걸쭉하다.

비싸지만 역시 맛있어.

이것도 늘 생각하는 것이다.

이 메뉴가 없는 계절도 있다. 가을에 들렀을 때는 없었다. 대신에 계절 한정으로 '쿠리시루코(밤단팥죽)'가 있다. 안다. 이것도 안다. 자주 먹었다.

이 쿠리시루코는 팥죽에 밤이 들어가 있는 게 아니라, 밤색 죽이다. 꼭 밤 같다. 그리고 꿀에 절인 굵직한 밤이 두 개 들어 있다.

녹차칡탕도 쿠리시루코도 맛있다, 맛있다, 하면서 다 먹고 가게를 나온다.

그다음에는 기념품 매장 확인이 남아 있다.

사진 않지만 구경하는 것은 교토의 소품. 전통적인 무늬가 들어간 거울, 수첩, 파우치, 비녀, 부채.

만약 내가 지금 외국에서 막 도착한 여행자라고 한다면 과연 어떤 게 갖고 싶을까.

하고 여행자 시점에서 바라보는 일은 유쾌하다. 해외여행자들은 뭘 살까, 하고 따라다니며 관찰하는 것도 역시 유쾌하다.

소품을 돌아본 뒤에는 먹을 수 있는 선물.

최근 나마야쓰하시(쌀가루, 설탕, 계피를 반죽해서 찐 다음에 얇게 펴서 안에 다양한 소를 넣은 부드러운 떡─옮긴이) 인기가 엄청나다. 말차, 버찌, 계피, 흑임자 맛 외에도 초콜릿, 초코 바나나, 라무네 맛까지 등장해서 젊은 층을 공략하고 있다.

여러 가지 맛이 잇따라 발매되어 작은 사이즈를 이것저것 사다가 친구에게 선물한다. 계절 상품으로 나온 밤맛과 군고구마 맛이 아주 평이 좋았다.

교토역 신칸센 개찰구 안은 중앙 에스컬레이터를 빙 둘러싸듯이 기념품 가게가 있어서 한 바퀴 돌기도 좋다.

기념품 가게에 '소바보로(교토의 명과. 메밀과자─옮긴이)'가 있는지도 확인한다. 평범한 과자지만, 전국구 과자가 아니란 걸 안 것은 상경 후였다.

충격이었다. 어릴 때부터 우유와 함께 잘 먹던 것이었는데.

이건 안 되지, 하고 도쿄의 친구에게 소바보로를 선물로 사

사소한 것들이 신경 쓰입니다

갔더니 "맛있네. 근데 아는 맛"이라고 했다. 그럼, 그렇지, 하고 묘하게 납득했다.

마지막에 들르는 곳은 쓰케모노(소금·초·된장·지게미 등에 절인 저장 식품—옮긴이)코너. 무거우니까 조금만 산다. 가라시나스(가지를 소금에 절인 후, 겨자, 술지게미 등을 섞어서 담근 것—옮긴이), 나라즈케(박, 오이, 수박, 생강 등을 술지게미와 소금에 절인 것—옮긴이), 시바즈케(가지나 오이를 잘게 썰어서 차조기잎을 더해 소금에 절인 것—옮긴이). 가끔 센마이즈케(순무를 얇게 썰어 미림, 누룩 등에 절인 것-옮긴이)를 사는 가게도 정해져 있다. 드디어 도착했습니다, 하는 느낌이랄까.

이렇게 돌아서 대략 40분가량. 신칸센으로 교토에서 나고야에 가고도 남을 시간이라고 생각하면,

"얼른 돌아가!"

내게 한마디하고 싶기도 하지만, 멈출 수가 없다. 전국에 계신 국민 여러분에게 추천하고 싶은, 교토역 신칸센 개찰구 안 산책이다.

뷰티풀.

외국인 관광객이 된
심정으로

펼쳐보니 역시
평소와 달라 보인다.

사소한 것들이 신경 쓰입니다

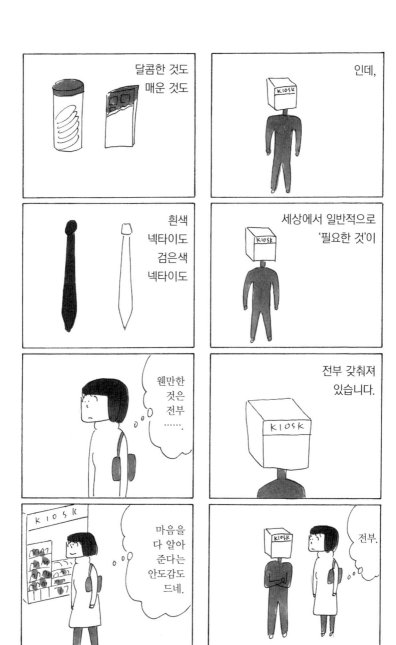

사소한 것들이 신경 쓰입니다

어떤 게
있을까.

키오스크 확인

슬며시
확인합니다.

역 플랫폼.

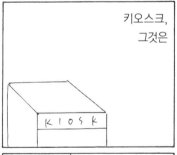

키오스크,
그것은

별로 사고 싶은 게
없을 때도

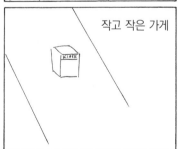

작고 작은 가게

키오스크
옆을 지나면

노래방 확인

처음 간 노래방은 우리 집이었다. 이웃 사람이 기기를 갖고 와서 하룻밤 빌려주어 우리 집에 노래방 기기가 설치된 것이다. 아마 나는 고등학생이었을 것이다. 아니, 중학생이었을지도 모른다.

기왕 설치했으니 한번 불러볼까.

고타쓰 위에 올려놓은 노래방 기기였지만, 가족끼리 노래를 부르는 것이 쑥스러웠던 기억이 난다.

화물열차 컨테이너에 설치된 노래방에 간 것은 열여덟 살 때였다.

역 뒤 빈터에 서 있는 낡은 컨테이너에 '영업 중'이란 깃발이 걸려 있었다.

"저 안에서 노래를 부르나 봐."

동네에서 이내 화제가 되었고 이런 걸로도 장사가 되는구나, 감탄했다. 여자 친구들 십여 명이 즉석에서 모여 바로 노래를 부르러 갔다. 아무리 떠들어도 야단맞지 않는 것도 신선했다. 그런 장소가 그전에는 아무 데도 없었다.

그렇게 시작한 노래방 문화는 확실하게 정착. 시절, 시절마다 여러 곡을 불러왔지만, 최근에는 좀처럼 노래방에 가지 않게 됐다. 가끔 가도 돌고 돌아서 10대, 20대 시절에 부른 노래가 중심이 된다.

노래를 부르며 나는 확인하는 것 같다.

유민(일본 여성 가수 마쓰토야 유미의 예명—옮긴이)의 노래를 부를 때, 내 마음이 과거로 돌아가는지 그때 연애를 했던 사람, 불안한 미래에 떨던 마음. 소소한 기억은 흐려져도 윤곽은 잊히지 않는 것일까? 노래하는 도중에 떠올리며 그 그리움에 안도한다.

얼마 전, 십여 년 만에 '시간을 달리는 소녀'를 불러보니 교토 시내의 공기가 생생하게 되살아났다.

교토에서 학교를 다녀서 가와라마치에서 논 적도 많았다. 친구들을 따라 노래방에도 갔다.

제법 넓은 가게 중앙에는 작지만 무대가 있었다. 종이에 곡명과 이름을 써서 담당자에게 건네면 사회자가 이름을 부르고, 손님은 무대에 올라가서 노래를 불렀다.

그 가게에서 나는 '시간을 달리는 소녀'를 불렀다. 객석은 초만

원. 같은 또래 대학생 그룹도 많아서 마이크를 든 손이 떨렸지만, 그 순수한 떨림과 '시간을 달리는 소녀'는 절묘하지 않았을까.

밤늦게까지 노래하다 밖으로 나왔다. 날이 밝기 전의 가모가와 강변을 친구와 걸었다. 하늘도 강도 푸르스름하고, 나는 겨우 두 번밖에 없는 전문대생의 여름이 얼마나 허무한가를 생각했다.

이것도
매번 있는 →
일......

하고, 매번 도중에
떠올리는
곡이 있습니다.

하늘에서

비가 내리면
보고
싶어집니다.

액체가
떨어지는
신기함.

도로가 젖어서
짙은 색으로
바뀌어가는
모습.

인간이,
모든 생물이,

바람과는 다른
나뭇잎의
흔들림.

미미한 존재임을
확인하는 걸지도
모르겠습니다.

함석을 두드리는
소리와
희미한
비 냄새.

사소한 것들이 신경 쓰입니다

창가까지 가서

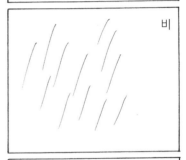

비 확인

확인하는 것은
어째서일까요.

비

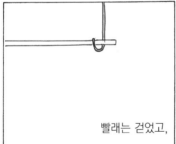

빨래는 걷었고,

방에 있다가

정리할 게
없을 때도

빗소리가 들리기
시작하면

아

해외여행 확인

한밤중.

일이 일단락됐을 때, 이따금 훌쩍 해외여행을 떠난다.

자, 어디로 갈까.

오늘밤은 핀란드로 가볼까.

컴퓨터를 켜고 '헬싱키 지도'를 검색. 구글 맵 스트리트 뷰를 선택하면 눈 깜빡할 사이에 헬싱키 역 앞에 서 있다. 책상 위의 '어디로든 가는 문'이다.

역을 올려다본다.

아름다운 역이다. 높은 시계탑이 있고, 정면 출입구에는 큰 사람(네 명)이 각자 지구 모형 같은 것을 들고 있는 상이 있다.

"박물관 같아."

완전 관광객이 돼서, 그러나 한밤중이니 소리내어 말하진 않고 마음속으로 중얼거린다.

헬싱키는 과거에 두 번 여행한 적이 있다. 역 구내에 셀프서비스 카페가 있어서 가능하면 그곳에서 차를 마시고 싶은데, 스트리트 뷰로는 차가 지나가는 길밖에 갈 수 없다. 잠시 쉬었다 가는 것은 포기한다.

어쨌든 일단 호텔에 짐을 두러 가기로 하자. 지난번에 묵은 호텔까지 천천히 가본다.

쾌청하다. 스트리트 뷰는 하늘도 올려다볼 수 있다.

계절은 초여름일까, 길 가는 사람 중에는 반팔인 사람도 드문드문 보인다. 오른손에는 미술관. 사거리를, 어디 보자, 어느 쪽으로 건너더라?

여기서 진짜 가이드북을 책장에서 꺼내 온다. 지도 페이지를 펼쳐서 장소를 확인한다. 해외여행 중이라는 설정으로 어디까지고 나아가는 것이 즐겁다.

들고 있는 지도를 이리저리 돌려보면서 컴퓨터상의 골목을 돌면 드디어 도착, '소코스 호텔 헬싱키'. 체크인을 마치고(마쳤다 치고), 바로 항구의 마켓으로 간다.

그래, 그래. 이 길로 가는 거지, 아, 잠깐만. 아카데미아 서점 앞을 지나서 마리메코 가게에 들르기로 하자. 그대로 곧장 직진하면 항구지.

항구로 나가서 한동안 바다를 바라본다.

과거에 여행한 곳들을 세세히 체크하면서 심야의 나홀로 여행.

체코의 프라하도 종종 날아가는 장소 중 한 곳이다.

재작년 크리스마스 시즌에 실제로 친구들과 간 적 있는데, '인생에서 가장 많이 걸었다'고 할 만큼 시내를 걸어서 낯익은 풍경이 많다.

카를교 건너기 직전의 도로, 프라하 역 근처의 헌책방 거리, 비어홀 노포.

갔던 장소를 한 번 더 가보고 싶어지는 것은 어째서일까?

여행지뿐만 아니라 이를테면 내가 다닌 고등학교 부근도 스트리트 뷰로 가볼 때가 있다.

아아, 이 길, 기억 나.

수업 중에 친구들과 이곳 담을 넘어서 카페에 갔어. 골목을 돌면 오코노미야키 가게가 있었지. 좀 더 가볼까.

그래서 뭐?

하고 생각하면서도 기억의 조각이 몸에 남아 있다는 데 안도한다. '그립다'는 감정은 기분이 좋다.

내일 일만, 앞날 일만 생각할 때일수록 그리움은 따뜻하다.

사소한 것들이 신경 쓰입니다

한밤중
몽생미셸을 향해
걸어간다.

← 빈손으로

벚꽃 확인

돌이켜보니 엄마와 벚꽃 기로수 길을 걸었던 것이 올봄에 가장 꽃구경다운 꽃구경이었던 것 같다.

마침 벚꽃이 필 무렵, 일이 있어서 내려간 길에 본가에 들렀다.

엄마와 아빠와 나. 셋이서 텔레비전을 보면서 저녁 식사. 다섯시 반이었으니 정확하게는 밤이 아니라 초저녁이다. 이런 시간에 저녁 먹는 상황을 재미있어 하는 건 딸뿐으로, 노부부에게는 언제나의 일상이었다.

"지금 제방에 벚꽃이 활짝 폈더라."

엄마가 말했다.

"난 아직 못 봤는데."

하고 차를 마시는 아빠.

"그럼 내일 보러 가요."

내 말에 꽃구경 얘기가 마무리됐지만, 그 멤버에 아빠는 들어가지 않았다. 아빠의 "난 아직 못 봤는데"는 단순한 추임새라고 아내와 딸은 받아들였다. 여자 둘이서 편하게 가고 싶었던 것이다.

다음 날 나와 엄마는 나란히 꽃구경을 갔다.
"그럼 여보, 다녀올게요."
현관에서 엄마가 아빠에게 말했다. "응." 하는 대답이 있었을지 모른다. 나는 스니커를 신고 이미 밖으로 나와 있었다.
제방의 벚꽃은 엄마가 말한 대로 딱 절정. 벚꽃 가로수는 2킬로미터쯤 이어졌을까.
평화롭다. 돗자리를 깔고 도시락을 먹거나 낮잠을 자는 사람들이 있지만, 복잡하지는 않았다.
벚꽃 터널을 지나가면서 둘이서 소소한 대화를 나누었다. 최근 아빠가 텔레비전 광고에 나오는 것을 먹고 싶어 하는 게 꼭 어린애 같다고 엄마가 어이없어했다.
"어이!"
반대편 둑에서 부르는 소리가 들렸다. 엄마 친구들이 꽃놀이를 온 것 같았다. 이리 와, 이리 와, 하고 모두 손짓을 했다. 엄마는 웃는 얼굴로 손을 흔들고 나는 머리를 꾸벅.
다시 엄마와 둘이서 벚꽃 가로수 길을 걸어갔다. 내가 집에 가지 않았더라면 엄마도 그 벚꽃 모임에 참가했을 테지.

　해마다 봄이 오면 도쿄의 벚꽃 명소라고 불리는 곳에 간다.
　올해는 지도리가후치와 메구로 강가. 양쪽 다 사람으로 넘쳐
났다. "들어가지 마세요!" 하는 관리인의 고함 세례를 받으면서,
"올해도 무사히 봤네⋯⋯." 하고 중얼거렸다.
　이제는 마치 확인하는 것처럼 벚꽃을 보고 있다.
　앞으로 벚꽃을 몇 번이나 더 볼 수 있을까?
　어른들 말에 어린 시절의 나는 의아했다.
　응? 몇 번이라도 볼 수 있잖아요? 학교에서 돌아오는 길에도
피어 있고 운동장에도 피어 있고. 뭣하면 일단 집에 왔다가 다
시 보러 가면 몇 백 번도 볼 수 있는데?
　세월은 흘러서 '앞으로 몇 번'의 의미도 알게 되고, 그리고 엄
마와 둘이서 벚꽃 가로수 길을 걸었던 봄.
　"아빠, 같이 가고 싶다고 솔직하게 말하면 될걸."
　내 말에 엄마가 뭐라고 대답했는지는 잊었다.
　"하지만 아빠가 오면 신경 쓰여서."
　이어진 내 말에 엄마는 웃고 있었다.

사소한 것들이 신경 쓰입니다

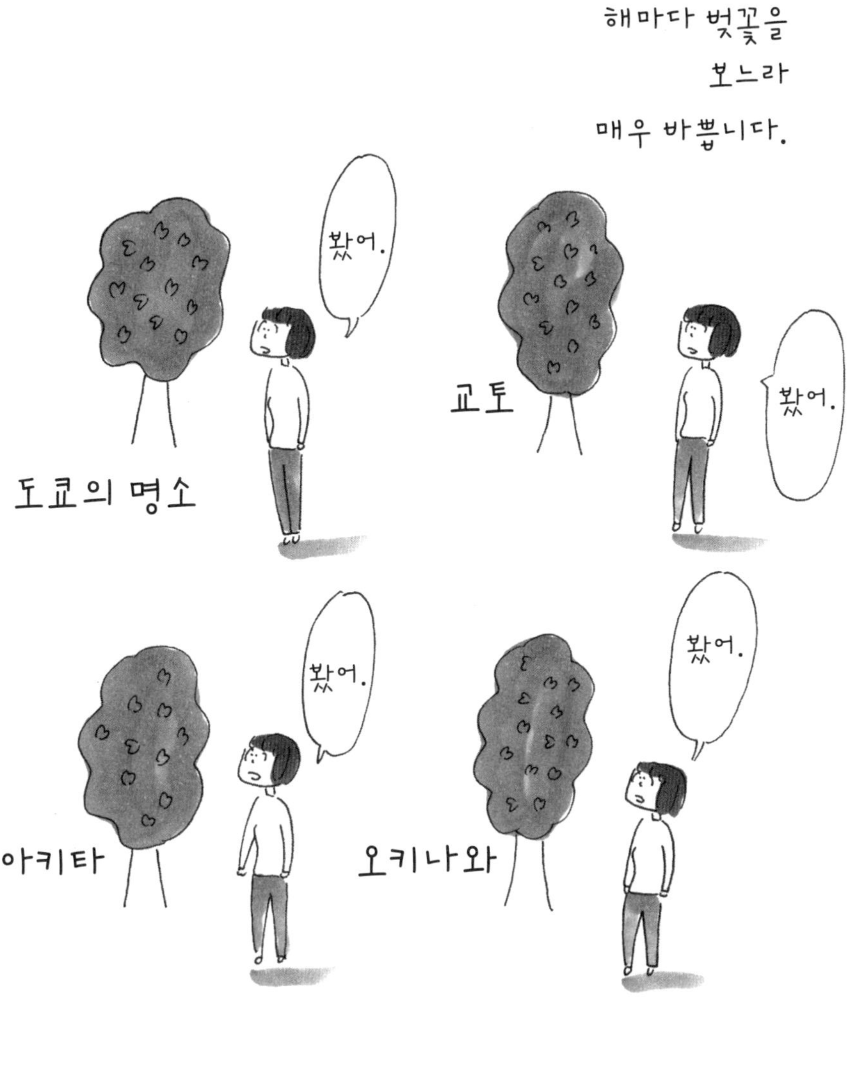
해마다 벚꽃을
보느라
매우 바쁩니다.
도쿄의 명소
봤어.
교토
봤어.
아키타
봤어.
오키나와
봤어.

자기 생일이
무슨 요일인지

하지만
우리 집
좁아서.

그 애도
불러
주었
는데.

얘를
부르면
쟤도
불러야
하고.

아이는
아이대로
이런저런
고민을 하죠.

찾아보는 건
생각해보면

평일인지,
일요일인지

후
우

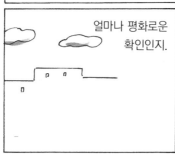

얼마나 평화로운
확인인지.

올해는
평일
이어서
다행
이야.

거기에 따라
생일 파티의 스타일은
달라집니다.

계속 확인할 수 있는
세상이었으면 하고
바라봅니다.

우리 반
아이
네 명
올 거야.

그러니-

아빠가
집에 있는
일요일은
신경이 쓰여서
평일이어야
안심이 됐죠.

사소한 것들이 신경 쓰입니다

올해는
금요일이네.

확인하게 됩니다.

생일 확인

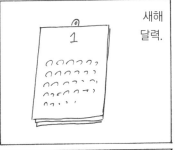

새해
달력.

아마 그것은
어린 시절의
습관이라고
생각합니다.

내 생일이

왜 내
생일이 무슨 요일인지
궁금했나 하면

무슨 요일인지,

친구는
몇 명
부를
거야?

생일 파티를
하기
때문이었죠.

어머니

'목장갑'까지 확인할 때도 있습니다.

문구류, 화장품 손수ㄱ

'후련함'을 간단히 손에 넣을 수 있어서 좋습니다.

마스다 미리

편의점을 나온 뒤의 나

마지막으로

편 의 점

집으로 돌아가는 도중,
볼일도 없는데 편의점에
들르는 일 없나요?

저벅저벅

잡지, 과자,
아이스크림

아

머—엉

빼—꼼

사소한 것들이 신경 쓰입니다

2023년 2월 28일 1판 1쇄 발행
2024년 7월 20일 1판 5쇄 발행

저　　　　자　마스다 미리
옮　긴　이　권남희
발　행　인　유재옥

이　　　　사　조병권
출판본부장　박광운
편 집 1 팀　박광운
편 집 2 팀　정영길 조찬희 박치우 정지원
편 집 3 팀　오준영 이소의 권진영
디자인랩팀　김보라
디지털사업팀　박상섭 김지연 윤희진
라이츠사업팀　김정미 맹미영 이윤서
영업마케팅팀　최원석 박수진 이다은
물　　　　류　허석용 백철기
경영지원팀　최정연
발　행　처　(주)소미미디어
발　행　등　록　제2015-000008호
주　　　　소　서울시 마포구 토정로 222, 502호(신수동, 한국출판콘텐츠센터)
제　작　처　코리아피앤피
전　　　　화　편집부 (070)4164-3960 기획실 (02)567-3388
　　　　　　　판매 및 마케팅 (070)8822-2301, Fax (02)322-7665

ISBN 979-11-384-3592-5 (03830)